# part 10 千代的即刻救援

〔日〕石崎洋司 著 〔日〕藤田香 绘 黄颖凡 译

人民文学出版社

PEOPLE'S LITERATURE PUBLISHING HOUSE

著作权合同登记：图字 01-2017-0935 号

KUROMAJO-SAN GA TOORU!! part 10 — KUROMAJO-SAN NO KURISUMASU —
© HIROSHI ISHIZAKI 2008
All rights Reserved. Original Japanese edition published by KODANSHA LTD.
Publication rights for Simplified Chinese character edition arranged with KODANSHA LTD.
Through KODANSHA BEIJING CULTURE LTD. Beijing，China.

**图书在版编目(CIP)数据**

千代的即刻救援/(日)石崎洋司著;(日)藤田香
绘;黄颖凡译.—北京:人民文学出版社,2016
(青鸟文库)
ISBN 978-7-02-012201-1

Ⅰ.①千…　Ⅱ.①石…　②藤…　③黄…　Ⅲ.①儿童小
说-长篇小说-日本-现代　Ⅳ.①I313.84

中国版本图书馆 CIP 数据核字(2016)第 278182 号


责任编辑:卜艳冰　李　殷
封面设计:汪佳诗


出版发行　人民文学出版社
社　　址　北京市朝内大街 166 号
邮政编码　100705
网　　址　http://www.rw-cn.com

印　　制　山东德州新华印务有限责任公司
经　　销　全国新华书店等

开　　本　890×1240 毫米　1/32
印　　张　7.5
字　　数　110 千字
版　　次　2017 年 2 月北京第 1 版
印　　次　2017 年 2 月第 1 次印刷

书　　号　978-7-02-012201-1
定　　价　32.00 元

如有印装质量问题,请与本社图书销售中心调换。电话:010 - 65233595

# 目 录

前言

后记

千代的黑魔女成绩单

# 前　言

"♪晴朗的天空和煦的微风……"

"前辈……这一带全都是木、木、木，三个木就是'森'，完全看不到天空啊！而且哪有什么和煦的微风，根本都被笼罩在浓雾里嘛！"

"所以说，一级黑魔女让人伤脑筋，桃花。就是因为这森林，才适合唱精神抖擞的歌呀！这首叫作《思恋夏威夷航路》（日语歌名为《憧れのハワイ航路》，主唱者为冈晴夫），是昭和二十三年的畅销歌曲。在那个无法轻易从事海外旅行的年代，它赋予了每个人一个梦想。你不知道吗？太落伍喽！"

"不要模仿我啦，快点找姐姐吧！我好担心，因为这里可是魔界呀！而且这森林里的树木，每棵都好像活着一样……"

"傻瓜、笨蛋、呆子、蠢家伙！东扯西扯的，真让人

受不了耶，桃花·布洛撒姆！"

"哼，大傻蛋黑魔女！"

"啊，你居然敢说前辈我是傻蛋？骂人笨蛋的人才是笨蛋！"

"前辈，我什么都没说呀！"

"哦，是吗？难不成是我听到树枝掉落的声音。总之，树木本来就是活的，所以才会茁壮成长、开花结果呀！"

"我不是这个意思。我是指这森林里的树木会观察我们，听我们讲话，还会移动。就像现在，因为前辈说了无聊的笑话，它们就故意落下一根大树枝，仿佛是在嘲笑你啊！"

"它们应该是觉得很有趣，所以感动得颤抖不止，以至于把树枝给折断了吧？"

"哪可能感动！根本就无聊透顶。"

"真是这样的话，可就更糟糕了。假如树木像动物般

会移动或思考，简直就像是《魔戒》里所出现的'法贡森林'呀！"

"'摩羯'？是指中国古代北方民族之一的'胡羯'吗？"

"不是'摩羯'，是'魔戒'。那是由托尔金所撰写，篇幅很长但非常有趣且举世闻名的奇幻小说。你不知道吗？好落伍哦！太好了，被我将了一军！"

"啧，这个小不点黑魔女也是个笨瓜，笨到看起来好好吃哦！"

"吵死人了！不管是摩羯、摩蝎，或是摩蟹都无所谓。这里可是魔界的森林耶，就算一两棵树会动，也没啥好稀奇的呀！生长于魔界的黑魔女，如果遇到这点小事就吓得发抖，成何体统？要鼓起勇气去突破呀！"

"可是，姐姐是人类呀，却孤单一人待在魔界森林里……"

"所以说，我这不是在拼命找她了吗？线索就是藤田香，因为那丫头身上沾有奶奶所点的藤田香气味。你用鼻子闻闻看，而且要用力闻，大力闻。"

"我也正用鼻子用力地嗅着你哦,哇啊,感觉真美味!"

"根本没有藤田香之类的气味啊……喂,前辈,当初不该把姐姐留在黑鸟神社的吧?"

"可是,你也听到有人说'用千里眼看到了马上栗'不是吗?我们施展了传说中的'魔法消去法',甚至以为发生了什么严重的事情。如果还把千代那种低级黑魔女带到这种地方来的话,只会碍手碍脚的不是吗?"

"但是结果呢?蒂卡前辈、古岛同学、座敷风暴女、幸子小姐,全都不见踪影啊!就连姐姐也消失不见……那应该是有人为了把姐姐带到魔界而设下的圈套吧?"

"一想到这里,双手就不停花、花抖(发抖)呀!"

"冷笑话就免了。话说回来,你为什么会认为姐姐在这森林里呢?姐姐是被魔女逮捕行动给带走的。不觉得我们应该去举行魔女审判的火之国首都才对吗?"

"你的问题还真多耶!你听我说,千代是在黑鸟神社的森林里被带往魔界的,而魔界也是一片森林不是吗?"

"听也听不懂。"

"算了。你没当过指导员所以大概不会懂,但我们可

是以真心相感应的。"

"真心？"

"我跟千代的修炼是以心灵相通为第一要务。所以我非常了解，她绝对在这森林的某处。懂了吧！"

"是是是，接着你们就会在这里成为我的食物。"

"喂，桃花！快回答我啊？"

毫无回应。桃花刚才还在一旁，现在却不见踪影。

"喂，桃花！你去哪儿啦？"

秋琵特的背后，传来一阵树枝摇晃的摩擦声。

"该不会独自回城里去了吧？桃花，擅自行动是不可原谅的哦！千代她一定……"

# 1 黑魔女接受审判

"现在开始进行四级黑魔女黑鸟千代子的魔女审判!"

咚!木槌落下,发出剧烈的声响。在正对面的高台上,有个男人端坐着。只见他穿着从袖子到衣摆都清一色黑的洋服,宽大的衣领紧扣至咽喉,胸前有个大大的倒十字架装饰,头上戴着黑圆帽,双目正怒视着这边,脸色虽然惨白,眼睛却炯炯有神。

那张脸似乎在哪儿看过……

"具有异议分子嫌疑的实习黑魔女黑鸟千代子,就是你吧?"

连声音也似曾相识……

"是、是的……我就是……"

"好。接下来,比下地狱还恐怖、比魔王路西法更强大更黑暗的异议分子审判官罗培鲁普堤,即将对你进行审判!"

果然没错！他就是两周前在飞机公园旁突然新设的惑生派出所里任职的炉部警察。不过，他真正的身份是从魔界降临的异议分子审判官罗培先生。

"同为黑魔女，你却对菲理妮翁举行驱魔仪式，这是严重违反魔法的行为。"

说完后他便将我逮捕，还说要对我进行魔女审判。

然后，他便把我带到黑鸟神社尽头，当我正纳闷着四周一片黑暗时，突然向下坠落。在我回过神时，已身在魔界，正接受魔女审判……

这里是魔界四大初中的"火之国"。我目前所在位置，大概是位于首都的私立BLACK WITCH学校里面。

我之前也曾经来过耶！那是我永远忘不了的万圣节前一天。施展了禁忌的"契约妨碍咒语"的秋琵特，就是在这里接受审判的。

不过，当时并不是这个房间。这里宽敞多了。

这里的天花板特别高耸，很像是学校体育馆。面积约有体育馆的一半大，地板跟墙壁都采用米黄色木头，原木的香气扑鼻。正中央低陷，四周围绕着观众席般的木椅，仿佛是个迷你的竞技场。

不过话说回来，既然是场审判，那就不应该是观众

席，而是旁听席才对吧！

那些像观众席一样的旁听席上，坐满了全黑装扮的老爷爷和老婆婆。

皱纹满布的脸，尖锐的鹰钩鼻，突出的下巴。简直就像是从格林童话走出来的魔女跟魔法师……每个人都用浑浊的双眼盯着我看，仿佛巴不得魔女审判快点开始……

可是，我究竟做了什么呢？喂，你们要把我怎样呢？

"魔界检察官，请陈述黑鸟千代子所犯下的罪行。"

"谨在此陈述。"

我抬头一看，眼前站着个表情严肃的女人。全黑上衣的袖子和衣摆轻飘飘的，外套内的白色衬衫领子上别着蝙蝠别针，检察官的架势十足。

魔界检察官发怒似的瞪着我，用那薄薄的嘴唇说：

"四级黑魔女黑鸟千代子，对在人界别名为'座敷风暴女'的黑魔女菲理妮翁举行驱魔仪式。根据魔法第三条'刻意妨碍黑魔法或黑咒术者，均视为异议分子'，可见此人罪行十分明显。"

防爱？不不不，我对恋爱一点兴趣也没有。

"不是'防爱'，是'妨碍'，是干扰的意思。"

看到魔界检察官那冷淡的视线，旁听席传来了窃笑声。

"真是个没教养的黑魔女。"

"真想看看她的指导员长啥模样。"

好让人生气啊！

没错，我是没教养，语文成绩也只有"乙等"。可是，这并不是秋琵特老师的错，不要乱说秋琵特老师的坏话！

"各位，肃静！这里可是支配黑暗的神圣魔法庭。"

咚、咚、咚！罗培审判官急躁地敲着木槌。

"黑鸟千代子也不可因为这点小事就立刻动气。"

我才没有动气。我只是受不了有人说秋琵特老师的坏话。因为秋琵特老师无时无刻不是为我着想的……

咦？罗培审判官居然眯眼注视着我，这、这是怎么回事？

"接着，再度质询黑鸟千代子。你所念的咒语是这个吗？"

罗培审判官亲吻垂挂在胸前那大大的倒十字架后，便开口唱诵。

地呀、风呀、水呀、火呀，成为咒语的力量吧！

魔女灵魂的守护灵呀，请保护魔法圆吧！

北方的守护者呀，魔力的支配者呀，请惩罚坏心的人吧！

南方的守护者呀，慈悲的支配者呀，请拯救好心的人吧！


就在此时，旁听席上的老爷爷跟老婆婆们突然全身发抖。

"这是'魔法消去法'！路西法魔王，阿司塔罗多国王，请救救我啊……"

"可是，为何四级黑魔女会知道'魔法消去法'呢？这理应只记载在伟大黑魔法师·多利特米乌斯所撰写的《黑暗邪恶之书》里的呀！"

"而且，那是存放在王立魔女学校'古代魔法图书馆'里的书啊！"

"到底是谁教她的呢？如此心术不正之人才是真正的异议分子黑魔女，应该处以火刑！"

咚、咚、咚！

"肃静！要我说几次才懂呢！下次再敢随便发言，就

算是元老院议员，都以异议分子罪名论处！"

罗培审判官瞪着发红的双眼，环视魔法庭一圈。

那慑人的眼神立刻让上了年纪的议员们安静下来。

不过，刚才那段话，让我有点意外……其实，我对方才大家所说的什么书之类的，完全不知情。只知道咒语是我的奶奶所写的。

咦？可是，刚才好像有人说过耶！

'如此心术不正之人才是真正的异议分子黑魔女，应该处以火刑！'

原来如此！所以，我绝对不能说出'怜惜恶魔之歌'是我奶奶所写这件事。不然，奶奶将会被处以火刑。

"四级黑魔女黑鸟千代子……"

我抬起头来，罗培审判官的眼神依旧冷淡，仿佛是在试探我的心……

"你还没回答，你所唱诵的是刚才的咒语，没错吧？"

我不情愿地点了点头。

"你用生长于橡树上的槲寄生在地面上画魔法圆，边念咒语边往右走对吧？"

"是、是的。"

"而且，你也明知不能顺着魔法圆往右走的禁忌吧？"

不能往右走？咦？为什么？

"少装蒜！你这个低级丑八怪又没用的实习黑魔女！"

怒啊！我暂时抛下恐惧，心里充满了愤怒。因为罗培审判官根本就在模仿秋琵特的台词呀！只不过，他的说话方式跟秋琵特不同，缺少了一份"爱"……

"'爱'！在座各位，你们都听到了吧？"

魔界检察官跟盘踞在旁听席上的议员们全都用力点着头。

"这个丑八怪，居然拿拥有制裁火之国黑魔女力量的我，跟那个万年初段的不良指导员相提并论，而且什么不好说，居然说我没有'爱'！"

万、万年初段的不良指导员？

"请不要说秋琵特老师的坏话。因为秋琵特老师虽然严格却很温柔，虽然有时任性又自我，却亲切有趣，是最棒的黑魔女指导员。"

"身为如此优秀的黑魔女指导员的弟子，你应该还记得吧？十二月二十日，在第一小学的图书室内，关于黑魔女三级测验的问题。"

**运用魔法圆施展黑魔法的时候，必须一面念咒，一**

面（　　）绕行魔法圆。

"答案是往左。因此，具有'左边'意味的拉丁语'希尼斯多拉'，便以具有'邪恶'意味的英文单词'sinister'残存至今，这你听过吧？"

啊！这么说来，我似乎曾从图书委员会的藤原委员长那儿听过这段话……

"你终于想起来了。因此，向右绕行魔法圆就等于是解除黑魔法，这是黑魔女所被禁止的行为，你是明知故犯吧？"

……是、是的……或许是吧……

哼哼！从台上传来了嘲讽的笑声。

"真令人愤怒呀！即使程度再怎么低，黑魔女也不该向人类学习魔法圆的绕行方法，更不该疏忽掉不能向右绕的含意呀！真不知她的指导员在做什么。不过，反正她只是个不良笨蛋黑魔女，本来就不能太过期待！"

又在说秋琵特的坏话了，真是不可原谅。

"秋琵特老师不是笨蛋，她只是想帮助我的朋友，才会念出奶奶的'怜惜恶魔之歌'……"

罗培审判官的表情顿时变得和缓，紧皱的脸庞瞬间露出一抹诡异的微笑。

"你听到了吧？魔界检察官。要异议分子黑魔女说出真相，就是要这么做。"

"小的佩服万分。"

什、什么？居然那么冷静……

"黑鸟千代子，你被我套出话来喽！一讲到秋琵特的坏话，你就会激动，然后不自觉地把事实都说出来。这正是我所预期的证词呀！"

啊！糟了！我居然自己招出奶奶写下'魔法消去法'一事！

"现在想封口已经来不及了。像你这种低级黑魔女，本来就是微不足道。而你那指导员也只不过是个败类黑魔女。我真正的目标，其实是写下'怜惜恶魔之歌'的黑魔女。"

那也就是……

"没错，就是黑魔女蒂卡。我已经掌握不动如山的铁证了。现在，我们将要对黑魔女蒂卡进行审判！"

# 2 魔界睡美人

"魔界检察官！关于黑魔女蒂卡的行为，请陈述调查结果！"

面对那一脸洋洋得意的罗培审判官，魔界检察官斜吊起眼睛说道："谨在此说明。黑魔女蒂卡就读王立魔女学校一年级时，因到人界实习而与被下咒的人类黑鸟伊藏相恋，进而结婚。由于罪行重大，蒂卡遭到被魔界放逐的处分。不过……"

有鉴于魔界检察官的报告跟秋琵特的讲话一样冗长，因此将其统整如下：

一、在此之后，蒂卡仍与王立魔女学校的同班同学们保持联络。

二、因此，她偷偷制造了通往魔界的通道，并建构有妖怪作祟的"黑鸟神社"，以避免人类靠近。

三、经年累月后，秘密通道日渐扩展，不相干的黑魔女或死灵偶尔也会使用"黑鸟神社"。

四、蒂卡担心丈夫伊藏会因魔界的存在而受到干扰，又担心自己哪一天无法及时相救，便将"驱魔"的方法以'怜惜恶魔之歌'为名写下保留。

报告结束时，罗培审判官用力地点了头。

"然后，蒂卡便委托黑魔女指导员秋琵特，以及其弟子桃花·布洛撒姆与黑鸟千代子来进行驱魔仪式。关于这点，那位丑八怪黑魔女已经不打自招。因此，黑魔女蒂卡的罪行是证据确凿的！"

旁听席上的所有议员们，全都点头如捣蒜。

"那么，魔界检察官，针对黑魔女蒂卡的控诉为何？"

"是的，陈述如下：

一、尽管已经舍弃黑魔女的身份，却仍与魔界联络的罪行。

二、未经许可，擅自制造魔界与人界通路的罪行。

三、写下'驱魔'方法的罪行。

因连犯三大重罪，应处以死刑。"

呃，怎么可能……奶奶居然要被处以死刑，这太恐怖了吧……

"黑魔女蒂卡可是连犯重罪哦！"

在高台的另一端，罗培审判官冷冷地说：

"错，不只是这些。魔界检察官，你还忽略了一个重大罪行。"

"那、那是什么呢？"

"黑魔女蒂卡的最大罪状，是将'爱'扩展到黑魔女身上。"

"爱"？仔细想想，难怪我刚才批评他说话方式缺乏"爱"时，他会暴跳如雷……

"蒂卡为何会制造'黑鸟神社'？是因为对分隔两地的黑魔女们还怀抱着'爱'，才会想尽办法见面。而写下'怜惜恶魔之歌'又是为什么呢？是源于对丈夫伊藏的'爱'呀！是担心深爱的人类伊藏会遭到诅咒，而想在紧急时刻给予援助。所有的罪状，都是因'爱'而生的呀！"

"这是理所当然嘛！"我不由得大声说道。

梅柳吉努校长跟秋琵特老师都是奶奶最重要的朋友，她当然会想念啊！而担忧心爱的伊藏爷爷会遭受诅咒，也是正常反应呀！

"在座各位，都听到了吗？这就是'爱'的真面目，'爱'的可怕呀！"

罗培审判官双手环抱着肩膀，假装发抖的模样。真是面目可憎！

"黑魔女蒂卡的'爱'，散播给其友人，也就是现任王立魔女学校校长的梅柳吉努，以及其学生秋琵特、其后辈桃花·布洛撒姆，甚至还传到秋琵特的弟子黑鸟千代子身上。方才的言论，就是最好的证据！"

证据？怎么又提到我的言论？

"这样下去将永无止境。梅柳吉努将继续散播给其他友人，秋琵特也是，'爱'此刻正在魔界中四处散布。各位议员们，这可怎么办呀！"

话一说完，原本鸦雀无声的旁听席，又再度鼓噪。

"赶快把那些散播不祥的'爱'的黑魔女全部逮捕呀！"

"哼！这点小事，我罗培早就张罗好了。梅柳吉努校长旗下的王立魔女学校学生及毕业生们，全都被我抓进大牢里去了。"

你说什么！把梅柳吉努校长抓起来？还有全体学生跟毕业生？那么，秋琵特的朋友森川瑞姬小姐她们也是吗？太、太过分了……

此时，坐在左上方的娇小老婆婆突然站起来大喊：

"请立刻将那散播'爱'的罪魁祸首蒂卡，在此处以火刑！"

看到这抖动着骨瘦如柴手臂的老婆婆，罗培冷笑了一声。

"说得好呀！布拉威士基夫人。如同您所说的，当务之急就是对魔界第一罪恶黑魔女蒂卡进行处罚！"

等等啊！这样太奇怪了吧！

"奶奶已经被魔界驱逐出境，不是黑魔女了呀！所以，你们应该没有权力制裁奶奶才对呀！"

"这可就难说了。"

罗培审判官笑得十分诡异。什、什么意思？

"万圣节莎巴特的前一天，蒂卡给了造访魔界的你们什么东西呢？"

啊……

回想当时，奶奶突然来访，好像给了我预知危险的骷髅吊饰以及可施展放大镜魔法的放大镜。我本来以为那是哄小孩的玩具，但来到魔界才发现，那些东西真的帮了大忙……

"没错，蒂卡现在仍是黑魔女，目前也仍拥有魔力。她与魔界保持联系，并将人类的'爱'之类的东西散布到魔界中，可说是异议分子中最叛逆的黑魔女。魔界检察官，命你立刻将黑魔女蒂卡带到这里来。"

"遵、遵命。小的立刻就去。"

魔界检察官慌张地往某个方向跑去。

可是，怎么会说带到这里来呢？难道奶奶人就在这里？她不是施展'魔法消去法'回到老家去了吗……

"是座敷风暴女菲理妮翁听从我的命令，把蒂卡带到这里来了。"

你、你说什么？哪、哪有这种蠢事……

这么说来，座敷风暴女一开始就与罗培审判官勾结了……

罗培审判官露出志得意满的狡猾笑容。

该、该怎么办呢？如此一来，奶奶会被处以火刑呀！都怪我一时气愤说了不该说的话。我该怎么办才好呀！秋琵特老师，快来救救我呀……

"大事不好了！"

抬头一看，是魔界检察官回来了。只见她上气不接下气的，原本就已经很白皙的脸蛋，现在更是惨白得近乎透明。

"黑魔女菲理妮翁不见了！"

"你说什么？这、这是怎么回事？"

罗培审判官站起身来，气到脸颊微微抽动。

"我、我去了菲理妮翁应当在里面等待的'土左卫门之间'，却只看到恶魔情，他递给我一封来自泪之国女王的信……"

罗培审判官将魔界检察官递出的信封一把抢过来，粗鲁地撕开。

一张卡片立刻掉了下来。

"'亲爱的罗培鲁普堤异议分子审判官大人……'"

罗培审判官仔细看着卡片上的文字。

莎巴特快乐！火之国应正值冬至莎巴特结束之际吧！众所皆知，我泪之国即将于后天十二月二十五日，人类之圣诞节，举行冬季莎巴特。在此时分……

罗培的声音突然变得尖锐错愕。

"'在此时分，贵国特意派遣黑魔女菲理妮翁，赠与两名人类祭品，以庆祝我国莎巴特大会，真是万分感激。'这、这是什么呀！"

罗培审判官的眼珠子都快掉出来般，惊讶得睁大了

眼。旁听席上的议员们，也陆续传来激烈的喊叫声。

"可恶！这泪之国女王，妄想得到活祭品，居然把菲理妮翁给抢走了！"

"也许是菲理妮翁背叛也说不定。听说在泪之国的冬至莎巴特大会上，呈献珍贵活祭品的黑魔女，会被赠与特别的礼物……"

罗培审判官双手用力地拍着桌子。

"这真是令人无法忍受。我要立刻前去拜会普鲁顿国王，请求国王派遣黑十字军。"

普鲁顿国王，应该就是火之国国王吧！可是，黑十字军究竟是……

"真不愧是罗培审判官。您是要率领集结了邦玺精兵的魔界最强军队，一举攻进泪之国对吧？"

面对那满脸谄媚笑意的魔界检察官，罗培审判官哼了一声。

"只要见到黑十字军，就连泪之国女王都会二话不说交出蒂卡吧！如果他们胆敢抵抗，我便大举进攻泪之国，将其全部征服。抢夺应受魔女审判的黑魔女，是对异议分子审判官最大的侮辱，绝不能善罢甘休。"

怒发冲冠的罗培审判官，就像红鬼般愤怒地环视

四周。

"魔女审判暂时休庭！把黑鸟千代子押进'纺车之塔'大牢！"

罗培审判官正要举起木槌时——

"有、有要事报告。"

有个身穿黑色立领服装的男人冲了进来。

"怎么回事？"

"梅柳吉努校长从纺车之塔逃走了。"

"你说什么？"

魔界检察官的眼睛瞪得比刚才还要大三倍。

"不、不只是这样。梅柳吉努校长还爬上高塔，把自己关在最上层的'睡美人的房间'里。"

广大的魔法庭里，空气好像瞬间被冻结了。窝在旁听席里的年长议员们，表情也都变得像纸一样惨白。

大家是怎么了呢？为什么会如此害怕呢？

"……糟了，大家会就此沉睡不起呀……"

从旁听席中，冒出了这句话。

"只要梅柳吉努将细针刺下，学校里所有的一切都会陷入沉睡呀！"

就在这时刻！

"快逃吧！会被牵连的呀！"

"快点逃出学校吧！"

上了年纪的议员们，骚动不安地走下阶梯朝这边走来了！

"肃静！在座各位请肃静！"

咚、咚、咚！罗培审判官连敲好几下木槌，但大家却充耳不闻。

"不快点不行呀！我可不想沉睡不起！"

"我也是啊！哇、不要推呀！"

大家在狭窄的楼梯间互相推挤，一片混乱。即使前方有人跌跤摔倒也毫不在意，甚至从上面踩了过去。

"肃静！快回到座位上！"

台上的罗培审判官举起木槌，大声喊叫着。却没有人听进去，大家慌慌张张地从魔法庭逃了出去。

"罗培审判官，快逃吧！"

魔界检察官跑向高台。

"否则罗培审判官会跟学校一起陷入沉睡的。"

"可、可是……"

"没有可是了。不然罗培审判官的伟大计划就要成泡影了。"

听到魔界检察官的建议，罗培审判官露出悔恨的表情。

"快、快点！"

在魔界检察官的催促下，罗培审判官从上面那扇门逃了出去。

不过，这究竟是怎么回事呢？简直就像发生火灾一样……

哇啊啊啊，大家全都往这边蜂拥过来了呀！

"滚开！你这低级黑魔女！"

所有的老爷爷跟老婆婆都激动到双眼充满血丝，而在这些人的推挤之下，我也自然而然被推到了魔法庭外……

# 3 黑魔女展开旅程

"哇，好痛呀！"

走出 BLACK WITCH 学校中庭时，我才终于脱离拥挤的人群，一屁股摔坐在石造走廊上……可是，那些元老院议员们却完全无动于衷。

"快逃呀！"

"要快呀！"

他们全都慌张地朝着学校出口跑去。这究竟是怎么一回事呀？到底会发生什么事呢？

不，等等……这不就表示，我可以趁机开溜了吗？

虽然搞不清楚这是什么状况，但总而言之，魔女审判已告中止。我已经不再是被囚禁之身了。

应该没错吧！好，那我也要一起逃跑。于是我混在那些年老议员人潮里，一起向前冲。哦哦，眼前那扇铁门，就是 BLACK WITCH 学校的正门。只要走出那里，就能恢复自由身喽!

咦?大门阴暗处,好像有两个头特别大的人……

"姐姐大人!哎呀,那不就是千代吗?"

"嗯,没错耶!可可亚妹妹。哎呀,果然是只要有恒心,铁锅也可磨成绣花针耶!"

"姐姐大人,您说的应该是'只要有恒心,铁杵也可磨成绣花针'吧?"

这、这超级名媛风的说话方式,一定是……

"罗里波普小姐!可可亚小姐!"

"千代!还好你平安无事。"

"我就说吧,可可亚妹妹。只要有恒心,铁锅也可磨成绣花针的。"

罗里波普小姐,您又搞错俗语了!不过,什么俗语的,现在都不重要了。

那巨大浑圆的眼睛,圆圆的红色鼻子,还有微笑着咧到耳际的嘴巴。肯定是那对双胞胎名媛姐妹,罗里波普和可可亚小姐呀!

"不过,她们为什么会来到这里呢?"

"为了等待千代呀!你说对吧,可可亚妹妹。"

"是的,没错。因为从人界来了一封信,上面写着千

代遇到了麻烦事，但可顺利脱逃，所以请妥善藏匿她。"

信？是、是谁寄的呢？

"斯汀迈雅女士呀！"

斯汀迈雅女士？啊！是魔界吃茶店'邦普缇丹普缇'的负责人。

"没错。斯汀迈雅女士是'黑魔女教养协会人界分部长'，因此，罗培审判官监视千代跟秋琵特一事，她早就一手掌握了，你说对吧？可可亚妹妹。"

"是的，姐姐大人。不过，正当我们担心不已之际，梅柳吉努校长就捎来了一封紧急手稿。"


斯汀迈雅敬启

　　　千代被罗培抓走了，我想帮助她脱逃，但黑雷及森川等学生们，也全都被抓进大牢里了。请你寻找值得信赖之人，紧急送至 BLACK WITCH 学校，协助千代脱险。

　　　　　　　　　　　　　　　　　　梅柳吉努


这是边走边写的吗？字迹相当潦草，而且非常惊慌的样子。

"于是，罗里波普和可可亚小姐们就来到这里……"

"是的，没错。若说魔界中最值得信赖的人，当然非我们莫属了。"

"对了，还有一封给千代的信唷！"

咦？给我的？

可可亚小姐递给我一张粗糙揉皱的咖啡色便条纸。


千代，遇到这么突然的事情，一定吓坏了吧？

碍于时间不够，无法详细说明，但无论发生什么事，都请记住这一点。

那就是无论在人界或魔界，你都不是孤单一人。

无论在何时何地，都一定有人会伸出援手，请放心的信任并依赖他们。只是，你一定要"相信对方"，这点非常重要。

梅柳吉努


梅柳吉努校长……

不过，真的就像梅柳吉努校长所说的！不管是校长、斯汀迈雅女士，还有出现在这里的罗里波普和可可亚两

姐妹，大家都是我的救星。

我并不是孤单一人，因为大家都会伸出援手……

"对了，千代。里面究竟发生了什么事呢？"

"这个嘛，我也不太清楚。梅柳吉努校长好像被关在里面的'纺车之塔'，后来好像脱逃了，然后……"

此时，四周传来阵阵悲鸣。

"看那边！"

有个身材娇小的老婆婆黑魔女，站在我身旁，指着学校方向。

我转头一看……学园里的人们居然都僵立不动了。正想往外逃的议员们，姿势全都瞬间定格。有人仅以脚尖点在地面上、也有人两脚正离地……

不只是人类，就连服装也维持随风摇曳的形状。而飞在天上的鸟儿也张开翅膀静止在天空。最令人惊讶的，是放置在正门两旁的巨大火柱。

直到刚刚为止，都还发出噼里啪啦的燃烧声，摇来晃去的火焰，竟然也瞬间停止，简直就像支橘色的冰淇淋。

这、这怎么可能……静止不动的火焰，太不可思议了……

"姐姐，莫非梅柳吉努校长在'睡美人的房间'里……"

啊，对对对，刚才也说到在'睡美人的房间'，然后呢？

"千代，你曾听过格林童话中的'睡美人'故事吗？"

我点点头。在庆祝公主诞生的晚宴上，国王邀请了所有魔女前来参加，却独漏了一位。不甘心被遗漏的魔女火冒三丈，就施法诅咒公主活到十五岁就会死掉。其他魔女听到了这诅咒，连忙改口说不会死掉，而是会陷入百年的沉睡。

那之后过了十五年，公主平安无事长大了，就在满十五岁的当天，公主独自走上了城内的高塔。而那个下咒的魔女，就在那里纺纱。兴致勃勃的公主说她也想试试看，便将手放在纺车上，谁知手指头却被针刺到了……

一阵刺痛后，公主倒在了一旁的床铺上，沉沉睡去。然后那浓浓的睡意扩散到整个城里。外出归来的国王和王后正要踏进大厅时，也开始沉睡了。家臣们也都陆续进入梦乡。马厩里的马匹也睡着了，小狗们在中庭里、鸽子们在屋顶上、苍蝇停在墙壁上都睡着了。就连在灶里熊熊燃烧的火焰，也维持原来的形状入睡了。

所以说，梅柳吉努校长牺牲自己当睡美人，让BLACK WITCH 学校的时间停止了吗？

"是的。'纺车之塔'是用来对邪恶黑魔女刺入纺车之针进行剥夺魔力的刑罚之地。塔的顶楼有一间'睡美人的房间'，如果在那里用纺车的针刺自己的话，学园内的时间就会瞬间停止。您说对吧？姐姐大人。"

"没错。因为那高塔是由在'睡美人'故事中未获邀参加祝福喜宴的魔女建造而成的。"

格林童话中的魔女，真的存在吗？

"当然！虽然是相当久远的事情，但据说'时间停止魔法'也是那位魔女所发明的哦！"

原来如此……可那该怎么办呀！

"根据故事内容，在王子亲吻睡美人之前，整个城里都会陷入沉睡的状态。"

"是的，梅柳吉努校长一定也有这样的认识，您说对吧？可可亚妹妹。"

"是的，没错。她是为了帮助千代逃跑呀！"

梅柳吉努校长……居然为了我做出这样的牺牲……

"天啊！"

背后传来哀嚎声。回头一看，只见大家都不约而同指着BLACK WITCH 学校。

哇啊啊啊！满是荆棘的藤蔓把建筑物团团包围。连学校跟纺车之塔也都像被绿色大蛇紧紧缠绕……真、真恐怖。学校里的一切都陷入深沉的睡眠里……

"不过，罗培审判官也在里面睡着了，对吗？"

这样一来，魔女审判就会中止了呀！我们赶快前往泪之国，救出奶奶她们，接着再找寻愿意献上一吻的王子就好了。

可是，罗里波普小姐们却拼命摇晃着那巨大的头颅。

"说到罗培，他早就落荒而逃了，您说对吧，可可亚妹妹。"

"是的，姐姐大人。他用那下流的声音喊着'立刻召集黑十字军，前往泪之国'，我还在想是怎么回事呢！"

原来他逃过一劫呀……而且还要去泪之国。这下可糟了。我必须赶快前往泪之国才行。我连忙把奶奶跟古岛同学的事情描述一遍。

"拜托你们！能否带我到泪之国呢？"

听到我这番话，罗里波普和可可亚姐妹俩突然睁大眼睛。

"哎呀！传说中的'爱的黑魔女蒂卡小姐'，就是千代的奶奶吗？"

什么？传说中的？奶奶那么有名吗？

"当然！她可是为'爱'而生、为'爱'而舍弃魔界的黑魔女耶！黑魔女蒂卡是每个魔界女子都向往的偶像哦！"

原、原来如此……好像有点骄傲的感觉耶……

"能够帮助蒂卡小姐，是天大的荣幸，您说对吧，可可亚妹妹！"

"真的耶，姐姐。那么，千代，我们现在就出发吧！"

现在？立刻？真的吗？

"刚好有个蛋糕要送去，马车也在附近。只要说是要送给泪之国女王的东西，边境警察应该都会特别通融的，您说对吧，可可亚妹妹。"

"是啊，姐姐大人。如果把千代藏在马车里，就不会被罗培或他手下的黑十字军发现了。"

哇啊，太棒了！真的就像梅柳吉努校长所说的那样！

"无论何时何地，一定会有人伸出援手，请放心信任并依赖他们。只是，你一定要'相信对方'，这点非常重要。"

"罗里波普和可可亚姐妹，拜托你们了。"

"♪好吃的甜点就在罗里波普。♪"

"♪好吃的蛋糕就在可可亚。♪"

摇摇晃晃的幽暗马车里，我听着两人的歌声。

"♪想要吃甜美诱人的糖果呀。♪"

"♪欢迎光临，罗里波普·可可亚甜点屋。♪"

从外面看的话，一定很可爱吧！

圆嘟嘟的三头身围上白色围裙，头上绑着水滴状的蝴蝶结，再搭配歌声，轻轻地摇晃着。就连马车也是由一头白马拉引，雪白的车篷上，用圆圆的红色字体写着"罗里波普·可可亚甜点屋"。

在车篷里，唯一能够让我藏身的行李，只有一个大型蛋糕盒。里面好像还放着响尾蛇蒙布朗。听说那面包里裹着连皮带骨整条烤焦后再层层堆成山状的响尾蛇，真是恶心死了。

马车已经出发好一阵子，应该离开城镇了吧？再过一会儿，大概就可以偷窥一下外面了。

我安慰着自己不会有危险的，慢慢从车篷缝隙探出头来。哇！两旁全都是茂密的森林耶！火之国的城镇、石块街道都已经看不见了。道路相当宽敞，但全都是砂砾。除了我们之外，没有任何通行的人和马车。

根据罗里波普姐妹所说，这里是从火之国通过死之国连接泪之国最重要的"魔街道"，跟人界比起来，气氛悠闲多了。

感觉好像是出现在古装剧的街道呢！听说得花上两天路程才能抵达泪之国。在奶奶被当成莎巴特的祭品之前，希望能及时抵达……罗培审判官跟黑十字军一定会先到吧？要想办法追上他们！

还有，究竟何时何地才能与秋琵特老师相遇呢？

疑问堆积如山，真让人忐忑不安……

"无论在人界或魔界，你都不是孤单一人。"

对哦！只要照梅柳吉努校长所说的去做，就一定能够再见面的。

可是……我肚子好饿！因为在上路之前我只吃了"魔界吃茶店邦普缇丹普缇"的土耳其软糖而已。这样下

去的话，还没抵达泪之国我可能就会先饿死……

"不好意思，请问有什么吃的东西吗……"

话音刚落，手握着缰绳的罗里波普小姐就转过头来。

"那么，暂时休息一下吧！"

"好啊，姐姐大人。在魔森林沿着魔街道走，应该有条小河吧！里头一定会有青蛙和蜥蜴。"

……

"可可亚妹妹，糟了。我们忘了千代是人类呀！"

"唉呀！我们真是粗心。抱歉！要不请她品尝'超恶什锦组合'好了。"

什锦组合！听上去不错！虽然我不是里鸣同学，但也超级爱甜点的！

"太好了。最里面不是有条抹布吗？下面有个红色格纹箱子就是。"

格纹啊，那里面应该是英伦风的蛋糕？

啊，就是这个红色箱子，嘿……

就在我伸手刚摸到箱子时，马车突然停了下来。

"喂，停下来！要去哪里？"

传来了一阵粗鲁沙哑的声音。我抱着箱子，从车篷缝隙中窥探外面。

是邦玺军队……还来了五个人呢！大家都穿着黑色铠甲，胸前戴着大大的倒十字架。

糟糕，是黑十字军！

"我们是火之国的子民，叫作'罗里波普·可可亚甜点屋'，要运送蛋糕去给泪之国女王陛下。"

罗里波普小姐的名媛口吻依旧，但声音却在颤抖……

就在此时。

"警告、警告，现在马上逃走比较好哦。就这样，请多指教！"

这、这声音是怎么回事？不是从外面传来的，而是在车篷里。好像就在我身边。

"警告、警告，现在马上逃走比较好哦。就这样，请多指教！"

又、又来了……这究竟是从哪里传来的。

嗯？抱在我怀里的红色格纹箱子，正摇晃不停呢！

我打开箱子一看，里面有酷似红色果汁的东西、像鱼板的玩意儿，还有个大圆杯，全都装着跟什锦组合相差甚远的东西。

其中最奇怪的就是，居然有个闹钟。在圆形计时器上面装着闹铃的过时道具，正响个不停……

"我是'魔闹钟',当危险来临时,会通知您哦!"

哇啊!居然会讲话。

"警告、警告,危险已经逐渐逼近,快点逃走吧。就这样,请多指教!"

危险?什么危险?

"哇!您在做什么呢?"

从外面传来了罗里波普小姐的喊叫声。

"吵死了!异议分子审判官罗培大人下令,所有前往泪之国者,均要进行彻底调查。喂,快点下车!"

"请、请停止暴力好吗?哇啊,姐姐大人。"

原来如此。看来罗培为了夺回奶奶,已经进攻泪之国了呀!换句话说,他已经与泪之国女王为敌。因此,前往那里的马车都有极大的嫌疑……

"喂,快搜一下车篷里面!"

糟、糟了……

"警告、警告。快点逃吧。就这样,请多指教!"

逃?要从哪里逃啊……

"从蛋糕箱子下方逃吧。距离被抓到为止还有十秒。就这样,请多指教!"

十秒?哇啊!这下惨了。只好把这大箱子移开了。

真的呢！在木头底板上，有个四角形的门。我用力拉开把手。

啊！看到地面了，好，就从这里逃出去……

"警告、警告。请把我带走！'超恶什锦组合'以后说不定会派上用场哦。顺带一提，距离被抓到还有四秒。就这样，请多指教！"

四秒？既然是紧急警告，开场白就应该长话短说嘛！

就在我抱着红色箱子从马车底板跳到地面上时，幽暗的车篷里瞬间明亮起来。似乎是黑十字军从车篷后方跃入，跳到马车上来了。

"只有箱子和抹布之类的东西，没有任何异常。"

"到里面去，仔细搜查。打开箱子，确认装了什么！"

在我的头上，传来邦玺军队的声音。

"可否请您们温柔一点，不要毁了蛋糕呢？"

"吵死了，给我住嘴！"

躲在马匹的四脚之间，听到了罗里波普姐妹跟军队的争吵声。

大家好像完全没注意到我。好，就趁现在……我悄悄地从车轮底下逃脱，蹑手蹑脚避免出声。左右两边都是郁郁葱葱的森林，该往哪边去才好呢？

"警告、警告。右边是'梅林的森林',建议走左边。就这样,请多指教!"

哇!不要在这紧急时刻说话呀!

"喂,那是什么?"

你看!被发现了啦,快逃!

"警告、警告。那边是'梅林的森林',很危险!"

不要吵!还不都是因为你,才把我推入危险深渊。

给我安静点!在这种时候,或许应该按一下头。看我的。

"就这样……"

哇!停止了。和一般的闹钟没什么区别嘛!

"啊,那里有个可疑的女孩,把她抓住!"

哇!被发现了。快跑!我赶紧朝着什么梅林的森林狂奔。

在茂密的树林底下,有着长到比人还高的杂草。四周笼罩在浓雾里,让人毛骨悚然。不过,我可不能被黑十字军抓到呀!

"等等!"

我才不要!古今中外,在多如繁星的故事跟戏剧中,有主角被别人喊"等等"时还回答"好,我等你"

的吗？

邦玺士兵们，再见了。虽然很担心罗里波普和可可亚姐妹，但她们一定不会有问题的。因为她们没有做什么坏事呀！如果在这里被抓的话，就不能去救奶奶了。同时也会辜负梅柳吉努校长跟罗里波普以及可可亚姐妹的期待。

千代子，你可要加油啊！

# 4 黑魔女在森林里迷路

话说回来，这片森林好暗啊……

每棵树都高耸入云，树干相当粗壮，且扭曲成奇形怪状。树枝恣意延伸，树叶层叠覆盖，几乎不见天日。脚边丛生的杂草长及膝盖，让人寸步难行。还有那阵浓雾，像烟一样缓缓飘荡着，五米以内的距离全都朦胧一片。不知不觉间，哥特萝莉服也弄湿了，感觉真差……

而且这个"什么什锦组合"也好重哦！对了，干脆把里面装的东西放到口袋里，然后把箱子给扔了。虽然格纹很可爱，扔掉太可惜，但现在不是考虑这问题的时候。

啊啊！果然轻便许多。尽管口袋鼓鼓的，但两手空空，轻松多了。

不过，接着该往什么地方走呢？话说回来，我现在究竟在哪儿？正朝着什么方向呢？


往前走呀，沙沙沙沙。

不要走呀，沙沙沙沙。


啥？刚才好像有声音从上面传过来……

不过，周遭空无一人啊！连只飞过的鸟都没有，大概是我自己神经质吧！

如果是秋琵特的话，这时候一定会开起"不是神精灵，而是木精灵，咿嘻嘻嘻嘻"的大叔级冷笑话吧……

秋琵特老师……何时才能跟你见面呢？


往前走呀，沙沙沙沙。

不要走呀，沙沙沙沙。


又来了。这次我可是听得很清楚！

可、可是……

环顾四周，周遭淹没在被雾气沾湿了绿意的茂密森林里。说到声音，大概是偶尔飘来的冷风吹得树木摩擦出沙沙声响吧……

往前走呀，沙沙沙沙。

右侧树木的叶子摇晃时，底下的杂草便会分开，形成一条人可通行的通道。这也就是说……

不要走呀，沙沙沙沙。

左边树木互相摩擦叶片时，下面的杂草也会分开，隐约看得到一条小路。

不、不可能吧……树木居然会讲话……可、可是，这里可是魔界呀！一个任何不可思议的事都可能发生的世界。但是……我该何去何从呢？

右侧跟左侧的树木，粗壮的树枝分别向两边延展，就像两只手臂一样。上面的树干厚壮结实，更上面的则有许多细小枝桠和叶片，就像个满头乱发的老爷爷。看，它们好像正在挥动手臂般扭动着树枝呢！

这不是神经质，或许真的是木精灵。

若真是如此，不要听它们说话或许会比较好。因为这里毕竟是魔界呀！

可是……感觉上，森林里的树木们似乎非常恳切用心耶！透露出一种"我不会说谎的"的讯息。该怎么办呢？

"无论何时何地，一定会有人伸出援手，请放心信任并依赖他们。只是，你一定要'相信对方'，这点非常重要。"

脑海中突然浮现出梅柳吉努校长所说的话。

"相信对方"，没错，要相信树木们所说的话。

决定了！我要往右边走。


跨出去就没问题，微风吹拂。

一个人要加油啊，微风吹拂。


这次换成眼前的树木轻轻将树枝摊平。每次出现隆隆低鸣时，牛奶色的浓雾便像吐气般，轻柔地摇晃着。树木们在替我加油耶！好、好感动哦……在我最孤单及害怕的时刻为我加油耶！


往前走吧，轰隆轰隆。

要加油啊，沙沙沙沙。

　　树木将树枝压平指引道路，杂草们则分成左右两边，为我开出一条路。这样的话，即使是在潮湿幽暗的森林里，也能够全速奔跑了！

　　快跑呀！

　　咕咚！

　　突然撞到了个东西。是我得意忘形撞上树干了吗？不过，脸上跟手上的触感却是毛茸茸的。而且，有种阳光晒过的奇怪气味，但并不是树木……

　　抬头一看，眼前是一片全黑的毛、毛、毛。我战战兢兢地仰起头，只见如山峰一般高耸的物体出现在面前。那像狗一样咧开的大嘴，尖尖的牙齿闪着光。像是摆出欢呼姿势举高的双手，和我的脸一样大，还露出两只锐利的爪子。

　　有点像巨大化的狐狸，却又像是只过胖的黑犬，总之，这家伙是只不折不扣的猛兽。快、快逃呀！

"站住！"

咦？怪、怪兽会说话？而且，我明明已经脱逃了，它却又站在我面前。

"废话！我的脚程可是比恶魔情的飞行速度还快哦！"

什么，恶魔情？你认识恶魔情？

"嘿，你也认识恶魔情呀？"

认识、认识！我们是朋友。所以，请你饶我一命吧！

"这可不行，因为我并不认识恶魔情呀！"

呃，那为什么要以恶魔情为例啊！

"嘿，在这么害怕的情况下，加点'冷笑话'能够缓和气氛呀！"

那耳朵虽然显得小，但因为身躯实在庞大，所以光是耳朵就有我的手那么大，还动来动去的。

"会听信树的话闯进这里，我想应该是个异常愚笨且美味的黑魔女……但不做点测验的话，还是不能放心食用。"

测验？等一下，你是说要看测验结果，再决定是否吃我？

"没错。如果你是个没用又傻的低级黑魔女，我就一

口吃掉你！"

没用又傻的低级黑魔女，根本就是在形容我嘛……

"那么，测验的内容是……"

"猜猜我的名字。"

天啊！这种情况经常出现在妖怪出没的故事里耶……

妖怪出现了，但假如能猜对名字，它就会一下子消失。在日本的童话故事里，还有个类似的故事，那就是"木匠与鬼六"。

有个木匠想要在河上架一座桥，却遭到鬼怪百般阻挠。鬼怪对他说：如果想凭借我的力量架桥，那盖好后要猜猜我的名字。工匠终于顺利架好桥，但猜不中鬼怪名字的话，可是会被吃掉的。木匠烦恼了很久，突然找到了灵感，最后大喊"鬼六"（＝鬼溜），鬼怪就瞬间消失了……

"错！我的名字不叫'鬼六'！"

"不、不是这个意思。我现在只是自言自语，举例而已……"

"啊，举例呀！好，那就算了。下次就来蒸的喽！"

蒸的？啊，你是说"真的"呀！身躯那么庞大，言行却这么"无厘头",真是令人错愕。

"我是哪里让你觉得像木精灵呢?"

我就说嘛!魔界到处充满了大叔级冷笑话……

咦?对面有个小屋子呢!只有几片木板钉在柱子上,一扇窗子,是个破旧简陋的小屋。

"不好意思,请问这是你家吗?"

"没错。是个连黑魔女都感到害怕,与梅林大王相当速配的'宫殿'吧!"

梅林?啊!你现在不就说出自己的名字了吗?

"笨蛋,谁会做那种蠢事啊!突然觉得你看起来变好吃了耶!"

拜托,不要流口水好吗?不要用擦了口水的手来碰我好吗?

"可是,这里是梅林的森林呀!魔闹钟是这么说的。"

"那是很久以前的名字了。这里原本是被叫成'魔之森林'的,后来我把它简化成了'魔林',到最后又把它变音成'梅林',这样就变成知名的'亚瑟王传奇'中所出现的伟大巫师啦!"

咦?那间小屋子的玄关内,挂着个奇怪的东西呢!

**梅林的宫殿**

**营业时间（ ）点～六点↓**

**※ 提示　知道开店时间者，才可入内**

那是什么啊？难道也是个谜题吗？而且，那酷似广告牌的东西，跟小屋比起来显得格外新颖……

"请问，那块广告牌是最近才放上去的吗？"

黑色怪兽先生看着我说：

"……没错。是先前出现的伟人黑魔女老师告诉我的。"

伟大的黑魔女老师？

不过，那确实是一道谜题没错。而且考虑到魔界的人都很喜欢谐音字或大叔级冷笑话，所以伟大的黑魔女老师所教导的东西，通常就意味着超级无聊吧！

以开店时间为谜底，下面还放了个倒十字架。

……嗯。哎呀！我明白了。

"什么？你知道了？你说说看！"

不，请等一下。因为实在是太无聊了，以至于我感到有些无力……

"想要打马虎眼拖延时间是不行的。喂，快说吧！猜错的话，我会立刻把你给吃掉。"

我说、我说就是了。

"首先，开店时间是十点吧？"

怪兽先生瞬间翻起白眼，因为全身被黑色皮毛所覆盖，所以眼白更加明显。

"所谓的开店时间，就是开始营业的时间吧？然后下面有个倒十字架，倒十字架也就是死十字架。换句话说，'死十字架'，也就是'始十字架'。"

这、这太好猜了吧！"始十字架"就是"十点开始"的意思嘛！

"怒啊！为、为什么这么轻易就猜出来了呢？"

黑色怪兽先生懊恼得捶着胸膛。

"那么，我叫什么名字呢？"

这也难不倒我。我说这位怪兽先生，仔细一看，您还真像只熊呀！

而关于熊的冷笑话，秋琵特不是有个段子吗？她叫我在第一小学图书室里放个小熊布偶，让路过学生脱口说出"啊，有BEAR"，然后将此图书室命名为'有BEAR图书室'呀！

"有BEAR"先生一听，立刻瘫倒在地。

"小的佩服呀！"

啊，原来不是吓得瘫倒在地，而是佩服得五体投地啊！

"居然连伟大黑魔女的谜题都能解出来！在这幽深的森林里，一天之内就有三位优秀的黑魔女来访，我到底是积了多少阴德呀！"

不、不需要这么赞美吧！

"对了，'有 BEAR'先生，那位伟大的黑魔女老师是怎么回事呀？"

"目前正好外出，好像是去找人……"

就在这个时候，从对面传来树枝嘎叽嘎叽的声响。

"喂！'有 BEAR'，我们回来了。肚子饿死了，饭呢，我要吃饭！"

咦？感觉像是个黑魔女，但讲起话来却老气横秋的，而且感觉上年纪很大，还带点中年人气质。

"'喂，今天的味噌汤是什么口味啊？'，'今天是糠麸味噌汤。'，'什么，恐怖味噌汤呀，太、太可怕了啦'，胡说八道一通，还真好笑，咿嘻嘻嘻！"

老掉牙的大叔级冷笑话，配上低级的笑声，还有恬不知耻的超高音量……

树影间，出现了两个人影。黑色皮革斗篷搭配厚底靴。银色刘海下依稀可见一张白皙美少女的脸，还有那黄色瞳孔……

"秋琵特老师！"

"千代？是千代吗？千代呀！"

秋琵特老师，别抱这么紧，会痛的！不过，我好开心哦！太好了，总算松了一口气。黑色皮革斗篷的粗糙感以及满是灰尘的味道，总觉得好怀念！

"姐姐！"

粉红色眼睛里落下斗大的粉红色眼泪，还用力搂住我的是桃花妹妹！

"啊，太好了，我好担心呀！"

"我跟桃花在这森林里拼命找你，还差点哭了呢！"

……可是，你刚才不是心情颇佳的喊着"我们回来了。肚子饿死了，饭呢，我要吃饭！"

被我这么一说，秋琵特立刻闪着黄色眼睛说："不、不要胡说。为了要到更遥远的地方去找你，当然要先填饱肚子啊！不是有人说过，'饥肠辘辘，容易口臭'吗？"

应该是"饥肠辘辘，无力战斗"才对吧！

不过，能够这样互开玩笑，真的好高兴！

"话说回来，前辈说的果然没错，姐姐就在这森林

里呢！"

"当然！我跟千代可是心连心的！因为真心，所以不管距离多远，不管身在何处，都能够感应得到。你说对吧？千代。"

没错。不管罗培审判官使出什么手段，都绝对无法拆散我们的。

"什么，你说罗培怎么样？"

秋琵特突然松开我，认真地盯着我看。

"我被罗培给抓走了，然后啊……"

我将魔女审判、纺车之塔、罗里波普和可可亚姐妹的事情一五一十说了出来。

"前辈……我就说应该直接前往魔法庭的！"

桃花用那粉红色眼睛狠狠瞪着秋琵特。

"话、话是没错啦……不过，至少在这里跟千代重逢了呀……"

"可是，如果一不小心，姐姐说不定就被'有BEAR'给吃掉啦！还有，梅柳吉努校长往自己手上刺了一针，罗里波普和可可亚姐妹被黑十字军抓住，这些事情或许就不会发生了呀……"

两人之间似乎笼罩着一股紧张的气氛。

"吵、吵死人了。与其说这个，还不如先担心奶奶。罗培已经先到泪之国去了，我们必须赶紧去救出黑魔女蒂卡老前辈呀！"

就是啊！黑十字军在一天半之内就会抵达泪之国。我们得加紧脚步才行。

"请等一下，伟大的黑魔女老师们。"

"有 BEAR"先生突然变得毕恭毕敬，这是怎么回事？

"我听到各位老师说要跟罗培战斗和要前往泪之国，小的有几件事要报告。"

"什么事呢？"

"有 BEAR"先生用那小小的黑眼珠，看着一脸疑惑的秋琵特。

"能够不被黑十字军发现而前往泪之国的方法以及一点小叮嘱。不过，在这之前请先用餐，因为还有漫长的旅程正等着你们。"

# 5 黑魔女在草原上徘徊

啊，好温暖哦……

"有 BEAR"先生的房子，虽然我很没礼貌地说那只是间简陋小屋，但其实是个很棒的地方。墙壁和地板的确都只是用老旧的木板钉成，没有天花板，粗大的屋梁和屋顶也都裸露着。不过，暖炉里却烧着红红的柴火，在手工碗盘木架和木箱上，倒映着我们摇晃的影子，气氛超棒。

里面还有个用木板搭成的大床铺，床单也很可爱！朴实的白色布面上，点缀了许多小碎花。这就是所谓的乡村风吗？让人感觉很平静呢！

嗯？从暖炉方向飘来一阵香甜的味道，好像是在烤松饼。

我睁大了眼睛充满期待，"有 BEAR"先生把木盘端到我面前。有三片满月形的松饼，正热腾腾地冒着气，

边缘被烤成了焦黄色，看起来好好吃哦！

"请先涂上满满的奶油，再倒点蜂蜜。"

哇，这蜂蜜居然有橘子的香味耶！

"那是柑橘花的蜂蜜。这瓶小红莓果酱也请品尝品尝。"

小红莓果酱！我跟你说哦，我之前曾和同学一起去采小红莓……

"'有BEAR'！为什么都只为千代服务呢？我好歹也是个'伟大的黑魔女老师'呀！"

"因为黑鸟千代子老师成功解开了秋琵特老师的谜题，是你们三人当中最厉害的啊！"

嘿嘿嘿嘿，不好意思哦！秋琵特老师。

"啧！我们不吃松饼这种诡异的东西。你说对吧？桃花。"

"是啊……我们想吃的是活蹦乱跳的蛇或青蛙之类的东西。"桃花妹妹也噘起嘴来。

"从这里走一小时左右，会有一条河，请到那里尽情享用吧！"

"等等，你太过分了吧！"

哇啊啊，桃花妹妹，别生气呀！在这里引爆炸弹很危险呀……

"不然，桃花妹妹，请尝尝这个。"

我从口袋里拿出鱼板跟像是红色果汁的罐子，排在桌子上。

"这是'什锦组合'的内容。明明应该是甜点，却装着魔闹钟等奇怪的东西。不过这是魔界的人做的，应该有桃花妹妹或秋琵特可以吃的东西才对。"

"咦？'超恶什锦组合'？姐姐，太棒了！"

"你在说什么啊！请看清楚一点。"

桃花妹妹把那像是鱼板的东西翻了过来，指着标签。

**商品名：超恶什锦组合1·蒲藏**

哎呀，真的耶！上面的确写着"超恶"二字。

因为字体扭来扭去的，所以没看清楚。但这到底是什么呢？

桃花没有回答我的问题，也没对鱼板跟红色果汁般的东西多看一眼，而是开心地眨着粉红色眼睛，拿出了一个杯子。

"前辈！请看这个'魔力杯'。"

"哇呜！正是时候！桃花，倒水进去，水！"

桃花妹妹赶紧跑到厨房去，把水倒进杯子里。

这究竟要做什么呢？

"来啰，来啰！活跳跳的蝾螈、壁虎、青蛙，还有草蜥！"

什么？哇啊啊，真的耶！在原本应装着水的杯子里蠕动着的，全都是我最讨厌的生物。

"这商品真棒，不愧是罗里波普和可可亚姐妹的杰作。"

"好吃、太好吃了……"秋琵特和桃花一边发出满足的赞叹声，一边生吃着蝾螈等爬虫类。

虽然搞不清楚怎么回事，但魔界的东西实在是太惊人了……

"喂！'有BEAR'，你也不要客气，一起吃吧！"

然而，"有BEAR"先生却默默地摇摇头。

"不用，我吃松饼就好。"

好奇怪！"有BEAR"先生身为魔界的熊，却吃人类的食物耶！

"是的，因为我原本是人类。"

咦？

正把整条蛇往嘴里塞的秋琵特和桃花妹妹，惊讶得静止不动了。小小的蛇在空中扭来扭去的，真恶心……

"我是人界的实习黑魔法师，指导员是罗培。"

"有BEAR"先生挺直了背脊，沉静地述说当年的故事。


那是距今十年前的事情。

当时的我是个小学四年级的学生，在班上经常被欺负。因为功课不好、运动也差、个子又小、个性懦弱胆小，所以总是被当成笨蛋。

看到这样的我，罗培主动前来跟我攀谈。没错，就是那副警察先生的装扮。

"只要你认真学习黑魔法，就能报复那些欺负你的人了。"

于是，当我回过神时，已经被带到魔界来了。

我不禁嚎啕大哭，每天都呼喊着我想回家！

常遭人欺负，的确让我很难过，但我从未想过要

反击。

可是，罗培却听不进去。才刚担任指导员的他，一心只想寻找徒弟。

罗培自作主张展开了让我成为黑魔法师的修行。然而，原本就没有斗志的我，根本无法牢记任何一项黑魔法。

面对费时费力却毫无成果的我，罗培终于恼羞成怒了。

"你这没用的废物！对我的教学生涯造成伤害的家伙，这就是你的下场！"

罗培念起咒语。下一个瞬间，我就变成了一只黑熊。接着，罗培还把惊吓到无法动弹的我关进笼子里，带到森林来。然后，打开笼子后，他这么说。

"你就在这个森林里，以熊的模样度过一生吧！想吃动物的话，就去吃在森林里迷路的黑魔女吧！可是，'森林里住着会吃黑魔女的魔兽'的谣言很快就会传开来哟！谁也不敢再靠近你了！"

变成熊之后，只要一见到黑魔女，我就很想把她一口吞下肚。只是，我的心毕竟还是人类，无法做出那么可怕的事情。

因此，不知不觉中，我的厨艺变好许多。

然后，我就靠着磨炼冷笑话为乐，活了下来。

在这寂寞的森林里，始终都孤独一人……


呜呜，好可怜哦！"有BEAR"先生……

话说回来，罗培审判官真的很过分！指导员理当要照顾弟子一辈子的呀！

"先不管是否理所当然，但这显然已经违反'指导员契约'。如果让黑魔女教养协会知道，势必会被处以'剥夺魔力之刑'。"

秋琵特非常气愤不平。桃花妹妹也气得咬牙切齿。

"没错。他不但把人界的小孩骗到魔界来，在觉得学习成效不佳时，还把弟子丢到森林里，这样的人居然担任异议分子审判官，真是不可思议！"

秋琵特老师，难道不能帮"有BEAR"先生做点什么吗？好想帮他变回人类，让他重回人界耶！

"话是没错啦……但罗培所施展的黑魔法，不是那么轻易就能解除呀！"

可是，这样下去的话，未免太……啊，对了！

"那个，我们可以施展'魔法消去法'不是吗？"

因为我们是罗培所追捕的对象，迟早会被逮捕，所以没差别啦！

"可是，我已经不记得那咒语了。姐姐还记得吗？"

……

我是那种即使特别注明要写作业，还是连特别注明这件事都会忘记的健忘少女。请不要问我呀！

"至于前辈嘛……问了也是白问哦！"

"那是什么话呀！我可是魔界第一调皮可爱又优秀的黑魔女耶！"

所以，你一定记得喽？

"这又另当别论啦！"

不记得就不要逞强嘛！

"不过，千代的奶奶肯定记得。因为她是亲自写下'脸洗饿魔之歌'的人呀！"

是"怜惜恶魔之歌"啦！不过她说得没错，奶奶应该知道才对。

好，那我们赶快前往泪之国。顺便揭发罗培审判官"违反指导员契约"的恶行，给他好看！

我一说完，"有BEAR"先生的小眼睛，立刻落下斗大的泪水。

"大家如此诚心帮助我，果然都是伟大的黑魔女老师，一切就麻烦你们了。那么，请让我尽点微薄之力，告诉你们前往泪之国的捷径吧！"

捷径？

"通常大家都会穿过魔道再前往死之国。但那么做其实是为了避开'大草原'。"

大草原？

"就是字面上的意思，那是个无边无际的绿色大草原。如果能穿越这地方，便能在日落之前进入死之国。只是，大草原上有个名为'雷雨'的危险魔物！"

雷雨，指的不就是倾盆大雨外加打雷嘛！那是个魔物吗？

"是的。只要发现人影，它便会用雷电攻击。而且因为那是片大草原，毫无可供藏身之地，所以只要被发现，就绝对无法躲过雷电攻击。不过……"

"有BEAR"先生站起身来，从床底下拉出一个咖啡色的东西。那像是件用稻秆做成的洋装。"有BEAR"先生套上后，笑嘻嘻地说："噜叽乌给·噜叽乌给·贝斯蒂多！"

哇呜！黑茸茸的巨大身躯，居然刹那间就消失了！

"'猴塞雷'（广东话好厉害的意思）的呀，你这家伙！"

我说秋琵特，你觉得"有BEAR"先生听得懂"猴塞雷"吗？

"这是一件'隐形雨衣'。穿上它，就可以不被'雷雨'发现顺利通过大草原了。"

眼前空无一人，却从暖炉前传来了低沉的声音。真不愧是魔界的道具！

"可是，我们有三个人耶！只有一件就没戏唱啦！"

"请不用担心。只要手牵着手，就算三个人也能发挥'隐形雨衣'的效用。"

牵就牵！反正我们感情很好呀！

嗯？怎么有股焦味？

啊！暖炉旁扬起阵阵黑烟。

"哇啊，好烫！"

糟糕！暖炉中的火烧到"隐形雨衣"上了。

"有BEAR"先生，快脱掉！

我还没喊完，他已慌张地脱掉隐形雨衣，重现出黑熊的模样。他拼命拍打屁股四周，痛苦到翻着白眼。而掉在地板上的雨衣，因为是稻草做成的，转眼间烧成了灰烬。

"傻瓜、笨蛋、呆子、废物、蠢家伙、恶熊、笨熊、糊涂熊！"

秋琵特老师，请停止这一连串的机关枪攻击。"有BEAR"先生没有受伤，已经是不幸中的大幸了，不是吗？

"什么嘛！我们好不容易能够不被'雷雨'发现而走捷径的！"

"真、真的很抱歉……"

"有BEAR"先生顿时蜷缩成一团。看上去真可怜……

"前辈、姐姐！你们觉得怎么样？"

咦？明明听到了桃花妹妹的声音却不见她的人影。

"看不到吗？果然跟我想的一样耶！"

才刚听到桃花妹妹那高亢的声音，她的脸便突然浮现在空中。

"妈呀！断、断头鬼啊！"

堂堂秋琵特居然躲在我身后，害怕得全身发抖。几秒钟后，桃花的头、肩膀、腰，全身渐渐显现了出来。而且，双手好像还在身上拍……

"这是'隐形雨衣'的灰呀！姐姐。做成雨衣是为

了方便穿脱，但是所谓的魔力，应该是化成灰也仍旧有效哦！"

"'灰、灰熊'赞啊！其实这我早就知道了。"

秋琵特……你刚才明明吓到起鸡皮疙瘩了好吗？

"不是的！我曾在绘本上读过，就是《天狗的隐形蓑衣》那个故事啊！那件'隐形蓑衣'也是被烧得精光，但主角把灰洒在身上后，照样能够隐形呀！"

秋琵特的常识除了黑魔法之外，几乎都是从绘本上学的，真是的。

"喂，'有BEAR'先生。把那些灰全都给我收集起来，我要带走。"

"了、了解。我立刻处理。"

"有BEAR"先生边擦着被眼泪沾湿的毛，边将落在地板上的灰烬都收集到一个小壶里。

"各位老师，在大草原前进时，还有件事务必注意。虽说或许只是个谣传，但如同'有BEAR来'就等于'有备而来'一样……"

那个，在说重要事情时，能不能不要穿插无聊的冷笑话……

"传说在草原上，还有个叫做'日荒死日葵'的魔物。"

"日荒死日葵？名字还真怪！"

"据说在大草原上，有个圆木小屋，屋前开着一朵非常大的向日葵。然而，当你赞叹它的美丽而不禁想靠近时，它就会突然转向你。"

"'向日葵'变成'死日葵'？先生，你的发音很不标准哦！"

"不是啦！听说只要跟转过来的向日葵四目相接，就会马上死掉。所以这种魔物才被称为'死日葵'。"

呃，听起来让人心底发毛耶！

"我知道了啦！反正我对花一点兴趣也没有，不用担心。"

秋琵特从"有BEAR"先生那儿接过装有"隐形雨衣"灰烬的小壶，便朝着玄关走去。我跟桃花妹妹也跟在后面。

"感谢你这么照顾我们，'有BEAR'。"

"哪里的话。我会祈祷伟大的黑魔女老师们一路平安的。"

在玄关外头，"有BEAR"先生站在被浓雾笼罩的森林里，一脸悲伤地看着即将出发的我们。

要等我们回来哦！打倒罗培后，我会拜托奶奶，让你回到人界的。

"那么，以泪之国为目标，出发！"

望着走入幽暗森林的我们，"有BEAR"先生不断地挥着手送别。

"'有BEAR'先生，谢谢你的松饼，真的很好吃哦！"

那黑黑大大的手，逐渐溶化在白色浓雾里。在已完全看不到的时候，我不禁感伤地哭了……

☆

"好舒服哦！"

走在魔界森林里大约一小时，突然就到了尽头，眼前出现了一片宽广无际的草原。

蜿蜒的丘陵上，覆盖着柔软茂密的小草。风凉凉的，天空一片湛蓝，灿烂的阳光洒落，让人不至于感到寒冷。

简直就像是在远足，好开心哦！

"前辈，差不多该把'隐形雨衣'的灰洒在身上了吧？"

哦哦，我差点忘了呢！多亏桃花妹妹总能保持冷静且值得信赖。

"我看不用啦！反正有我在，绝对不会打雷的！"

请问，你那份自信到底是从何而来啊？

"我可是拥有魔界第一实力，对每个人都很温柔，像神一样的黑魔女呀！"

根本是胡说八道……

"总之，我是神，我是万能的神。雷神不会对我打雷啦！"

"不过，前辈，天色似乎变得有点诡异唷！"

抬头望向天空，刚才还万里无云的晴空，突然涌出许多乌云。

糟、糟了。赶紧洒上"隐形雨衣"的灰呀！

说时迟那时快，桃花妹妹已经打开壶盖，一股脑把灰抹在秋琵特身上。

"呸呸呸。为什么要抹在我身上啊，快抹在那个丑八怪身上呀！"

秋琵特老师，这跟丑不丑无关吧！这种时候，本来就该先涂在最德高望重的黑魔女身上不是吗？

"魔界最美丽的银发和魔界最透明的肌肤，怎能被灰

给弄脏呢！"

无论外表有多美丽，配上这种个性跟言行，一切都是枉然啦！

不过，精明干练如桃花妹妹，当然是三下两下就把灰烬全抹在秋琵特身上了。

"噜叽乌给·噜叽乌给·贝斯蒂多！"

这样就放心了！大家手牵着手，远足去！

"哎呀，好丢脸哦！要是被人瞧见的话，秋琵特老师可就面子扫地了。"

我说秋琵特老师，这可是有魔力的"隐形雨衣"耶！大家应该看不到你才对哦！

不一会儿工夫，天色变得乌漆抹黑。应该会下一场雷阵雨吧！

"别担心。因为那叫什么'雷雨'的，绝对看不到我们。"

就在桃花妹妹低声耳语的瞬间，天空"哗"的一声下起大雨。

噼里啪啦噼里啪啦！

"哇、哇呀！简直是倾桶大雨！"

帮帮忙，正确的说法是倾盆大雨才对啦！

话说回来，这雨的确是大得惊人。不到一分钟，我已经全身湿透。

哇，金黄色的闪电耶！接着又出现了轰隆轰隆、撼动地面的雷鸣。

"竟敢横越我的草原，你们是谁？"

啥？刚才好像有个低沉的声音混在雷鸣中。

"前辈、姐姐，天上有条龙耶！"

咦？天啊！真的有条龙耶！

闪耀着金黄色光芒的龙，蠕动着身躯，穿梭在低垂密布的乌云中。此时，金色闪电划过天空。

"哇，这家伙怒气冲天的，该不会是'愤怒龙'吧？"

"我说前辈，看也知道那是'雷雨'呀！"

你、你说什么？

"你们三人，竟敢私自通过我的大草原，罪无可赦，看我用雷劈死你们！"

它、它真的是"有BEAR"先生所说的魔物耶！

"可是，我们身上洒了'隐形雨衣'的灰，照理说它应该看不到啊！"

目瞪口呆的秋琵特脸上，出现一条条犹如汗水般的黑渍……

糟糕，是雨水！倾盆大雨把灰给冲掉了。所以，'雷雨'先生才会把我们看得一清二楚……

"这下子不就跟《天狗的隐形蓑衣》绘本一模一样了嘛！"

什么？秋琵特老师，原来你早就知道事情会变成这样？

"我所看过的绘本，是描写天狗发现'隐形蓑衣'被偷走后追了上来，窃贼慌张逃跑，却跌落河里，灰被冲掉后，便现出原形……"

这种事情请你早点说好吗？

"前辈、姐姐，请不要为了这种无谓小事争吵，快往那里逃吧！"

那里？那里也是一望无际的大草原，根本没有藏身之处……

桃花妹妹的指尖方向，有一棵大树。恣意延伸的树枝非常巨大，树叶浓绿茂密。

噼里啪啦！轰隆轰隆！

"快跑！"

在秋琵特的号令下，我们朝着耸立在大草原上的大树，全力冲刺！

噼里啪啦！轰隆轰隆！

天啊！雷居然就打在脚边。打雷本来就已经很可怕了，但这次恐怖直接到了最高点，因为它可是瞄准我们打呀！

"呼……终于得救了。"

秋琵特跑到上气不接下气，而那黑色皮革斗篷，正滴滴答答地滴着水。不过，斗篷里面似乎没湿。

相较之下，我跟桃花妹妹却淋得像落汤鸡。我背上的特大蝴蝶结，像夹着尾巴的丧家之犬般垂头丧气……

"不要再挑剔啦！这总比被雷打中好一万倍吧？"

话是这样说没错啦……但是，待在这棵树底下真的万无一失吗？

"喂！秋琵特老师，我想起一件事了。"

松冈老师曾说过，雷很容易打在面向天空且独自耸立的物体上。换句话说，独自在广大草原上的这棵树非常容易被雷打中……

桃花妹妹也紧张得猛眨眼睛。

"仔细想想，我们班主任谷口老师也说过，雷是电流，在击中树后，会流到地面上。所以，如果待在树旁，也有触电的危险……"

噼里啪啦，吱吱吱碰！

哇！雷就打在近在咫尺的地方呀！

"千代，桃花！快遮住肚脐！不然会被雷神带走哦！"

真是的，现在不是卖萌的时候啦！

"这棵树没问题的啦！"

背后突然传来一阵声音，是个低沉而模糊不清的女生声音。

"这棵树绝对不会被雷击中的，因为这是'接骨木'。"

回头一看，眼前站着一个初中生年纪的女生。肤色黝黑，脸颊上有不少小麦色的雀斑。及肩的头发干燥蓬松，身上穿着皱巴巴的衬衫和及膝连身裙，质感粗糙，没有任何点缀，应该是亚麻布。浑身上下给人一种朴素又健康的感觉，但脸上却毫无表情，甚至流露着一股阴沉……

"黑魔女一定知道，接骨木具有避雷的魔力。不过话说回来，这雷只瞄准你们，看来你们这辈子都别想逃出去了。"

"你说什么？"

秋琵特恶狠狠地瞪向那女生。女生却丝毫不为所动。手里握着银色的圆形物体，并且用鼻子闻了闻吹拂而来的熏风。

"那不是'雷雨',而是'雷兽'哦!"

秋琵特吓了一大跳,转身面向那女生。

"难不成是口袋怪兽!"

那是"雷丘"吧?

"我、我知道啦……"

"'雷兽'是罗培所操控的魔兽。它专门锁定有异议分子嫌疑的失格黑魔女,还有跟黑魔女蒂卡有关系的黑魔女。"

秋琵特那黄色眼睛闪闪发光。

"你站哪一边呢?是罗培、还是我们?"

"你说呢?"

女生面无表情地抬头望着天空。我们也忍不住跟着抬头往上看……

"啊,有另一条龙耶!"

真的耶!跟刚才的龙形状大小相同,但颜色是银色的。

哇啊啊!两条龙好像纠缠在一起耶……

"它们正在对战。不过,它们的胜负一开始就定了。"

"喂,你为何那么有自信呢?"

听秋琵特这么说，女生耸了耸肩。

"因为，我的'雷雨'是最强的。"

我的"雷雨"？什、什么意思？

"干脆到我的屋子里聊好了。"

说完，女生迅速走出树荫。

卷成漩涡的乌云间，金色跟银色的龙隐约可见。每当它们互相纠缠时，便会出现噼里啪啦的小闪电。不过，不知不觉间，雨终于停了。

"快进来吧！穿着湿衣服会感冒哦！"

# 6 大草原上的小木屋

乌云逐渐散去，天空恢复了原来的水蓝色。我们往下走了约十分钟，便看见远处坐落着一间圆木小屋。和缓的绿色丘陵上，三百六十度环视所及，净是微微起伏的大草原，远方耸立着一棵接骨木。悠闲静谧的景致，令人难以想像这里是魔界。

"入口在这里！"

女生绕到圆木小屋的另一侧。不过，跟在后头的桃花妹妹却突然停下脚步。

"不要过来！"

原木小屋的玄关旁，有株高耸的黄花正绽放着。

"那是'死日葵'。四目相接的话，会死掉的呀！"

桃花妹妹慌张地转向一旁。

"'死日葵'？那你就是'日荒死日葵'喽……"

秋琵特也一边转过头来，一边往后退。她还叫我也转向另一边。

看到我们这副模样，女生不禁哼鼻冷笑。

"居然连那种愚蠢的谣言都信以为真，我真是白救你们了。"

愚蠢的谣言？

"我叫'日芳向日葵'，但时常有人会误念成'日荒死日葵'，久而久之就积非成是，没人敢再靠近啦！不过这样正合我意。"

"那么，这株向日葵是真的向日葵喽？"

桃花一脸狐疑，远远地看着那黄色花株。

"不相信的话，就望向天空吧！只要不四目相接就好了。"

向日葵小姐露出"真愚蠢"的嘲笑表情，然后把门打开。

"怎、怎么办，前辈？"

"嗯……"

"姐姐呢？"

这个嘛，我相信向日葵小姐所说的话。因为梅柳吉努校长也曾说过呀！

无论何时何地，一定会有人伸出援手，请放心信任

并依赖他们。只是，你一定要"相信对方"，这点非常重要。

而且，向日葵小姐刚才确实帮了我们呀！看到我们全身湿透，她还担心我们会因此感冒。看起来完全不像坏人啊！

"是吗……可是，这有可能是陷阱啊！当魔物想讨好他人时，势必会先亲切对待来让对方失去戒心，这是常有的招数。你觉得呢，前辈？"

"呃—— 嗯—— 呼——"

秋琵特！这种时候还敢睡！

"啥？笨、笨蛋！因为这是避免四目相接最好的方法呀！"

真是的，这个不按牌理出牌的黑魔女。

总之，我毫不在意，兀自往前走。看到这样的我，向日葵小姐脸上毫无笑容，直盯着我看。

话说回来，这间圆木小屋好可爱哦！凑近了仔细看，还盖得非常坚固呢！

啊！这扇门是橡木做的，没有用半根钉子耶！跟

《大草原上的小木屋》书上写的一样。故事里，萝拉跟玛莉的父亲就是用橡树打造圆木小屋的门，而且那间屋子也没使用任何一根钉子呢！

"你也看过《大草原上的小木屋》① 吗？"

向日葵小姐惊讶得睁大了眼，没想到她居然也有表情变化耶！

"是的，因为我很喜欢看书。"

我没有半个朋友。反正我喜欢一个人，也不需要朋友。因此，只要没进行黑魔女修炼，我都是在阅读，最喜欢灵异跟魔术之类的书籍。

"这样啊！"

向日葵小姐又恢复到原本冷淡的表情，让我进到屋子里去。

"照梅柳吉努校长的说法，我们必须转头看向日葵才行耶！"

"就是啊！前辈。"

秋琵特跟桃花妹妹举止谨慎地走进屋内。圆木小屋

---

① 大草原上的小木屋（Little House on the Prairie）：真实记录作者罗兰·英格斯·怀德从小到大，随着父母四处迁徙、寻找垦地的历程，可说是当时美国西部拓荒史的缩影。

内部比从外面看来要宽敞许多，外观虽以粗壮圆木做成，但地板却刨削得既平坦又光滑。暖炉里也生着火，感觉很温暖。

啊，桌边还挂着红色格纹的十字架耶！暖炉上的架子有个小陶偶。暖炉中不停晃动的红色火焰，把地板渲染成一片金色。

这一切，都跟《大草原上的小木屋》一模一样！

"圆木的空隙里还塞入薄板，并用水泥填补，对吧？"

"嗯，没错。跟查尔斯所做的几乎完全相同。"

冷淡的表情虽然丝毫未变，却对着我用力点了点头。

查尔斯就是罗兰姐妹的父亲，但秋琵特跟桃花妹妹都听得一头雾水。这就像我跟向日葵两人之间的小秘密一样，感觉格外有趣。

"可是，这么棒的圆木小屋，是你独自完成的吗？"

"不然这里还有其他人吗？我可是独自一人住在这片草原上耶！"

向日葵小姐用利剑般的眼神瞪着我。

"可是，搬动圆木需要很大的力气呀……"

"拜托，这用点黑魔法就能轻松解决了呀！"

咦？居然连秋琵特也出口嘲讽。啊！该不会因为我跟向日葵小姐聊着只有我们才懂的话题，所以不高兴了吧？

"在这里并不能使用黑魔法哦！"

什么？

"请看，这桌子是用七度灶的木头做成的，窗缘跟暖炉上的架子也全都是。"

七度灶？这是为什么呢？

"姐姐，七度灶是阻挡魔法的树哦！"

阻挡魔法？可是，向日葵就住在魔界里，应该可以使用魔法呀！这究竟是为什么呢？

"是为了让我们在这里什么也不能做，对吧？"

秋琵特闪着锐利的黄色目光，那白皙脸庞上的表情非常认真。

"不愧是拥有相当魔力的黑魔女。"

向日葵脸上浮现一抹笑容，拉出一张七度灶的椅子坐下来。

"没错。在这里谁都无法使用黑魔法。不只是你们，所有的黑魔女、黑魔法师跟魔物都一样。"

"可、可是，难道连向日葵小姐也不能使用黑魔法吗？"

　　"无所谓，反正不需要。如果有必要，就请'雷雨'去做就好。而且，我跟你们一样都是失格黑魔女，即使能用，也没太大意义。"

　　讲到"失格黑魔女"时，她用的是仿佛被抛弃一般的口气，刚才对着我们说话时，也是相同的说话方式……

　　"喂！你说谁是失格黑魔女？我跟桃花啊，可是王立魔女学校毕业的优秀黑魔女，而千代则是我最得意的弟子！"

　　"是呀！秋琵特老师可是王立魔女学校开校以来的头号问题学生，拥有五段实力，却只拿到初段，不是吗？"

　　哇！知道得真详细……秋琵特名声这么响亮，但是好是坏就不得而知了。

　　"你们三人还真幸运。秋琵特跟桃花·布洛撒姆是上过王立魔女学校的精英分子，千代被如此优秀的黑魔女守护着，跟我可说是天壤之别呀！不过，此刻的命运却是相同，都是被罗培抛弃，无法光明正大走进火之国的失格黑魔女。"

　　咦？这么说来，向日葵小姐以前也是被罗培挖掘的人类女孩啰？

"为什么说'也是'呢？"

面对一脸疑惑的向日葵小姐，我说出了"有 BEAR"先生的故事。结果，向日葵小姐居然胀红了脸。

"不要把我跟那头笨熊相提并论好吗？我可是终日躲在学校图书室或图书馆内吸收知识的天才少女！罗培就是看到我拥有渊博学识，才会纳我为弟子的。"

"但你还是被他给抛弃了，不是吗？"

听到桃花妹妹冷静沉着的声音，向日葵小姐不禁耸了耸肩。

"我先声明，我的成绩非常好。我虽然升上小四才开始进行修炼，可在小五第一学期，就能够使用一级黑魔法了。"

天！哪像从小五开始修炼的我，练了一整年才升到四级，我果然是个没用的黑魔女！

"罗培认定了我的实力，所以才把我带进魔界。因为距离魔女学校入学年龄十七岁还差很多年，所以我就在罗培的宅邸接受训练。但是，当我晋升为一级黑魔女之后，我突然觉得好无趣。"

为什么？既然那么优秀，应该能够记住许多咒语，同时乐在其中才对呀！

"因为我很讨厌人类，对他们一点兴趣都没有。人类的喜怒哀乐跟我毫不相干，他们的悲伤或痛苦，我也无从体会。"

秋琵特惊讶得张大了嘴巴。这种想法，秋琵特应该很难理解吧！因为她的个性超热情的！不过，我大概能够体会向日葵小姐的心情……

"可是，黑魔法的目的是诅咒人类。随着修炼升级，就会有以人类为对象的实习课程。这是我最难以忍受的事情。我想要一个人，不想跟人类有任何关联，我想做自己喜欢的事情，安静地独自生活，在屋子里做点手工艺。"

向日葵小姐爱怜地抚摸着红色格纹十字架。

"缝补玩偶、烹调点心，反复阅读带来魔界的书，制作许多在书中出现的东西。每天晚上哦！每天晚上都是这样。所以，我特别享受深夜的时光。然后，我渐渐发现，我好想回到人类的世界。"

听到这段话，秋琵特不屑地笑了。

"但你自己应该明白也同意，一旦开始进行黑魔女修炼就无法变回普通人这件事吧？光是这点，就足够让你成为失格黑魔女了。"

那个，关于你说"一旦开始进行黑魔女修炼就无法变回普通人"这件事，我可是事先毫不知情哦！

"你在胡说什么呀！不是你自己说'秋琵特老师、秋琵特老师，请从南边的窗户进来'，而把我召唤过来的吗？"

"那是我在唱诵丘比特咒语时不小心鼻塞啦！"

"少啰嗦！我不想听这种借口。只要召唤了指导员魔女就代表你已经'事先同意'啦！"

真是愚不可及，这个黑魔女。

咦？向日葵小姐居然目不转睛地看着我们两人胡闹！不过，在意识到我的视线后，向日葵小姐立刻慌张地别过脸。

"这件事我知道。所以，我才会专心致力于黑魔女的修炼。因为我明白，只要成绩优秀、能够独当一面，就能够实现愿望。而我所选择的，当然是'放弃所有的魔力'。"

天哪，跟我一样耶！我们是"兄弟"哦！

"请不要跟我太过亲密好吗？我说过，我最讨厌人类了。"

呃、嗯……这点比我还严重耶！

"不过，那个坏心又狡猾的罗培，一眼就看出我的想法了。所以他把我从城里放逐出去，从此视我为失格黑魔女。"

这遭遇就跟"有BEAR"先生一样。罗培审判官真是差劲，一看不顺眼就把弟子弃之不顾，超级恶劣！严重违反"指导员契约"。

"我可不是平白无故被抛弃的！"

向日葵傲然扬起下巴。

"原本我就是喜欢一个人的生活，所以才会请他让我彻底孤单一人。"

这是怎么回事？

"这里原本只是片普通的草原。魔街道就从正中央通过。'雷雨'存在的目的是让这里天降甘霖，不过，我却驯服了'雷雨'。"

"驯服飞在空中的魔物？怎、怎么办到的？"

看到呆然张口的秋琵特，向日葵再度不屑地哼鼻冷笑。

"这是秘密。总之，'雷雨'听命于我，通行于此的旅人，不管是谁都会被雷劈死。不知不觉间，这片草原再也没人敢通行。魔街道也南移了，正合我意呀！"

"居然牵连毫不相干的人也……真是太过分了！怒呀！"

桃花妹妹！在屋子里丢炸弹太危险啦！

"随她去吧！反正不会引爆。"

向日葵小姐呵呵笑着环视四周。

七度灶的桌子、七度灶的椅子跟七度灶的架子……

桃花满脸懊恼，显得相当沮丧。

对了，由于七度灶拥有阻挡魔法的力量，所以炸弹并不会引爆……

"如果觉得我过分的话，请自便。不过，被当成垃圾般丢弃、无法回到人界、在魔界徬徨徘徊等，都不是出于我所愿。所以，对于让我遭受如此际遇的魔界，我应该有报复的权利吧？"

嗯……可是，我还是觉得你做得太过分了点。

"喂！向日葵小姐，你要报复的对象不该是魔界，而应该是罗培审判官吧？"

因为，魔界的人们并非全是坏人，充其量只有雷欧那鲁伯爵、暗御留燃阿等讨厌鬼而已。还是有很多像秋琵特、桃花妹妹以及梅柳吉努校长等，那样善良温柔的人啊！

"向日葵小姐，你不跟我们一起去吗？"

凭借着奶奶的"魔法消去法"，说不定能够让你返回人界哦！而且如果能揭发罗培审判官违反"指导员契约"的罪行，可以把他绳之以法哦！

"千代，想不到你这个丑八怪低级黑魔女也有优点耶！"

丑八怪这三个字是多余的吧！

"向日葵，就这么办吧！跟我们一起去彻底打倒罗培吧！"

秋琵特那白净的脸庞笑得好灿烂，然而，向日葵小姐却仍低着头，突然发出诡异的笑声。

"你们果真是群没用的黑魔女。"

"你说什么？"

"要我说几遍才会懂呢？我说过我讨厌人类，我有必要跟你们联手吗？我最讨厌这种事情了。"

难道说，向日葵小姐打算永远住在这里？

"这样也不错啊！不过，我另有其他打算就是了。"

其他打算？

"比方说，把你们卖给罗培之类的。"

什么？

"罗培在拼命找寻你们。所以我在想，干脆抓你们去

跟罗培交换，好让我顺利回到人界。"

"你这家伙！打从一开始帮助我们，就是打着这如意算盘吧？"

秋琵特气愤得睁大了黄色眼睛。

"冷静点啊！因为我还有其他打算。"

向日葵小姐真的一点都不怕秋琵特耶！

"我对你们为了要救奶奶，而胆敢穿越大草原这件事相当感兴趣。虽然我很受不了你们那副感情融洽的模样，但你们被罗培盯上这点，跟我是一样的。既然有共通之处，助你们一臂之力好像也无可厚非。只不过，我有个条件。"

条件？

"你们想想看。我命令'雷雨'驱逐罗培的'雷兽'，这事若是让罗培知道了，结果会如何呢？因此，我当然得先确认你们在抵达泪之国后确实有能力揭发罗培的恶行，才能出手相救喽！"

"你想要怎样？"

听到秋琵特的低声恐吓，向日葵小姐一脸严肃地说："我要你们猜谜。"

啊？在这种危急情况下，居然要我们猜谜……

"你在说什么呀！千代。猜谜有很多种耶！例如'上面是大肥鸡，下面是铁工厂，猜猜答案是什么'，这种连世界上的学者齐心合力都解不出来的难题哦！"

上下句的"肥鸡·厂"，加起来就是"飞机场"嘛！这根本就是小学一年级的脑筋急转弯。

"千代，你'灰熊'厉害哦！好，向日葵，快点出题吧！"

"真的没问题吗？如果猜错的话，我可要把你们卖给罗培哦！"

"我们有千代在，尽管放马过来吧！"

秋琵特，我只不过解开一个幼稚的谜题而已，不要讲得那么夸张好吗……

不过，为时已晚……

向日葵小姐冷笑着说："生于夜晚，死于黎明，闪耀着七彩的幻影是什么？"

什么？

"我不讲第二遍。限时十分钟。感情融洽三人组一起讨论也没关系哦！"

向日葵小姐哈哈大笑后，打开玄关的橡木门，走了出去。

# 7 黑魔女绞尽脑汁想谜底

"姐姐，答案是什么呀？"

桃花妹妹……被你这么一问，我也不知道……

"你一定知道吧？千代。因为你'灰熊'会猜谜语呀！"

够了哦！灰熊东，灰熊西的，我已经听腻了啦！

话说回来，这答案究竟是什么呢？得认真好好想一下……

"生于夜晚，死于黎明，应该是指只在夜里出现的东西吧！"

"姐姐，会不会是月亮呢？"

唔——。不过，"七彩的幻影"又是什么呢？月亮既不是七彩，也不会像幻影般消失啊！

"对了，我懂了！犯人就是星星。"

秋琵特拍了拍手，翘起食指。

啥？为什么是"犯人"？

"千代，你真的很没见过市面！在名侦探'金田一少年事件簿'系列的电影中，那个笨蛋警察总是比出这个动作，然后说出自相矛盾的话呀！"

我不知道有这种电影啊！何况，现在不是模仿莫名其妙剧情的时候吧？

言归正传，向日葵小姐的谜题还真的挺难的！到底是什么呢？只要如果猜对了，她就愿意协助我们了。也就是说，她已经有了相当大的觉悟，因为她不是这么说过吗？

"你们想想看。我命令'雷雨'驱逐罗培的'雷兽'，若是让罗培知道了，结果会如何呢？"

万一罗培知道了，绝对不会善罢甘休。他应该会派遣黑十字军前来逮捕向日葵小姐吧？说不定还会对她进行魔女审判，并判处死刑……与其冒着如此危险，还不如把我们卖给罗培审判官比较保险。尽管如此，她还是选择出谜题给我们猜，这就意味着她想要把罗培审判官打得落花流水，同时也希望我们能想出正确解答。

"也就是说，提示应该就藏在某个地方。"

我环顾了圆木小屋一圈。桌上的红色格纹十字架、

暖炉、摆放在暖炉木架上的人偶、橡木门……

她肯定是边阅读着《大草原上的小木屋》，边一个个把它做出来的吧！日复一日怨恨着罗培，然后安慰着独自待在魔界的自己……不对，应该不是这样。如果自怨自艾又羡慕他人，就不可能做出那么可爱又坚固的东西来。

"不然是什么意思呢，姐姐？"

倘若日复一日都想着"反正我再也回不去人界了"，那么，阅读书籍或是制作各式各样的东西，反而会更加痛苦不是吗？

"秋琵特老师很擅长裁缝吧！请问在制作的时候是什么样的心情呢？"

"这个嘛，缝制芭比的衣服时当然很开心喽！会想着该做什么款式呢，或是如果有什么材料就好了等等。"

由此可知，向日葵小姐应该是乐在其中才对。仔细一想，她刚才好像讲过："反复阅读带来魔界的书，制作许多在书中出现的东西。每天晚上哦！每天晚上都是这样。所以，我特别享受深夜的时光。然后，我渐渐发现，我好想回到人类的世界。"

……每天晚上？等一下……

每天晚上是指每个夜晚。但问题是，早晨一定会来临啊！她在当罗培弟子时，不管是讨厌的修炼，或是被抛弃到这大草原后，每天都过得孤单又寂寞……

"所以，我特别享受深夜时光。"

啊！

"嘎叽"声响起，橡木门应声开启，向日葵小姐面无表情的走了进来。

"已经过了十分钟，想到答案了吗？"

"当然！虽说千代是个丑八怪，却是黑魔女中最擅长猜谜的。"

秋琵特，请你不要信口开河好吗？

不过，现在倒是无所谓，因为我已经知道答案了。

"请说出答案。"

我凝视着向日葵小姐的黑色眼眸。

"答案就是'希望'吧？"

向日葵的表情没有丝毫惊讶或动摇，却清了清喉咙说："让我听听理由。假如是瞎蒙猜对，我可不承认。"

当然没问题。

"向日葵小姐，你一定觉得白天很无趣吧？罗培审判官的修炼既无聊又讨厌。被丢到这里来后，你始终都是

孤单一人。虽然你说过喜欢独自一人，但那跟'孤单一人'是不同的。"

"……然后呢？"

"不过，入夜之后你就很开心。因为你可以边阅读大量书籍、制作许多手工艺，边希望着有朝一日能够回到人界。那种生活对你而言，与其说是充满悲伤痛苦，不如说每天都充满着'希望'。"

我也偏好独处，所以很能体会。当夜幕低垂，四周寂静无声时，很适合认真思索和描绘心中的梦想，或是勾勒未来的蓝图。

"不过，一到早晨，又要展开寻常的一天。总有许多不得不进行的事情迫在眼前，其中当然也包含了无聊或讨厌的事情。因此，'希望'就会如同幻影般消失无踪。

"可是，这并非只是幻影而已。因为只要夜晚降临，它就会再度苏醒。

"我曾看过一本书，其中写到'黑暗之后，黎明将至'或是'旭日再度东升'，意味着夜晚是悲伤而痛苦的时刻。但我却不这么认为。我反倒觉得阴暗的夜里、漆黑的暗处，正是希望的所在。我独自深信着，只要永不放弃并且坚定信念，有朝一日，愿望必定能够成真。

"因为，'希望'并非幻影，而是七彩绚丽的，不是吗？"

向日葵小姐认真地注视着我，绷紧着双颊。

我、我猜错了吗？

向日葵小姐那严肃表情瞬间变得柔和许多。

"答对了。"

"姐姐，你好厉害耶！"

"当然喽！因为她是我徒弟啊！"

"你没有资格骄傲吧？因为是你徒弟救了你呀！"

向日葵小姐不理会秋琵特，径自拉起我的手。

"我就知道千代或许会知道答案，因为你跟我很像。"

向日葵小姐的手给人平静的感觉，而且柔软又温暖……

"如果是你，或许就能帮我实现七彩梦想。"

那么，让我们一起走吧！前往泪之国，请奶奶施展"魔法消去法"，再一起回到人间吧！

"不了，我要留在这里。以便助你们一臂之力。"

"这是怎么回事？"

秋琵特闪着黄色眼睛好奇地问。

"刚才从'雷雨'那里得知，罗培已经知道千代逃脱

的事情了。而且，你还让整个私立 BLACK WITCH 学校都陷入了沉睡，不是吗？"

啊！那是梅柳吉努校长为了我而牺牲自己……

"是嘛！总之，听说罗培勃然大怒，已经命令黑十字军的援军立刻出发。所以，我要在这里帮你阻挡浩荡大军。我不知道我能阻挡多久，但撑个两天大概不成问题吧！"

"大概不成问题的意思是，也可能会撑不住，对吧？"

桃花妹妹露出非常担心的表情。

"反正兵来将挡、水来土掩。若真为我担心的话，就快点去泪之国吧！"

向日葵小姐一脸理所当然的模样。

"还有，请把这个带着。"

向日葵小姐将一个圆形物体放在我的手上。黯淡的银色，粉盒般的大小，凹凸不平的表面上刻着精细的浮雕，中间则镶嵌着红色的石头。这就是向日葵小姐刚才握在手里的东西呀……

"在紧要关头，它应该可以发挥效用。使用方法很简单，只要面对这东西，诚心呐喊'救救我'即可。不过……"

向日葵小姐恢复严肃神情。

"你只能在走投无路的时候用它哦！也就是当你觉得我们的'七彩梦想'即将幻灭之时。"

我们的……

"如果是你，一定知道那是什么时刻，所以我才把它交给你。没问题吧？"

那黑色瞳孔一动也不动地凝视着我。那是非常坚定的眼神。

（因为，我相信你。）

向日葵小姐依然紧闭着双唇，但我却听到了她发自内心的声音……

"明白了，我会好好珍惜的。"

我只简短回了这句话。因为我知道，我们的心灵已经相通。

"既然失格黑魔女的对话已经结束，那就出发吧！"

我说秋琵特，你好像也是失格黑魔女的一员耶……

我们走出了圆木小屋，外面是晴朗无云的天空。即将西斜的落日，将大草原照射得有如金色的波浪。

"看得到对面山峰相连的地方吧？"

向日葵小姐指向远方。

真的耶！可以看到凹凸起伏的群山，全都被皑皑白雪覆盖着。

"从左边第三座山往前走，便可避开死之国而直达泪之国。加紧脚步的话，说不定还能追过罗培。"

"前辈！说到死之国，就想到艾库所诺姆王子！"

桃花妹妹的声音，让秋琵特立刻眼睛一亮。

没错，艾库所诺姆王子是死之国第二王子，同时也是秋琵特在王立魔女学校时代的恩师以及初恋情人。

"前辈，要不要顺道前往死之国，去跟艾库所诺姆王子见个面呢？说不定他愿意帮助我们哦！"

这时，向日葵小姐突然恶狠狠地瞪着桃花妹妹。

"最好不要期待哦！因为死之国的艾巫里诺姆国王很讨厌被牵连，我不觉得他会公然反抗率领黑十字军的异议分子审判官。尽管艾库所诺姆贵为第二王子，应该也不敢忤逆国王吧？"

"哼！你想我会做出让艾库所诺姆王子困扰的事情吗？"

秋琵特回瞪了向日葵小姐一眼。

"我才不会傻到跑去死之国首都咧！光是想着自己身在艾库所诺姆王子所在的国家里，便让我勇气大增。这

样就已经足够啦！"

秋琵特……明明你已经相思成灾，思念得不得了。

"那么，趁着尚未天黑之前，赶紧动身吧！出发喽！"

在秋琵特的号令下，我们便跟大草原上的小屋道别了。

不过，向日葵小姐跟"有BEAR"先生不同，她并没有目送我们离开。

我非常了解她的心情。向日葵小姐是打从心底相信我们。她相信那七彩幻影和希望有朝一日必定能够成真。

我会加油的，向日葵小姐，等我们的好消息哦！

☆

"♪恰恰恰——恰恰恰。♪"

秋琵特一路上都吵个不停。在不知不觉间穿越整片大草原的我们，目前正走在满是砂砾的山丘上，周遭净是稀稀落落、长得比成人还高一些的树木。

"姐姐，终于要进入死之国了。前辈一定很高兴吧！"

哦，是指艾库所诺姆王子的事情呀！可是，就现实而言他们是不可能相见的。尽管如此，秋琵特还是一副飘飘然的样子。

"这就是恋爱啊！姐姐。"

是吗……这不就表示，我对东海寺同学或麻仓同学都没有半点爱意。因为只要他们在我身旁，我就觉得好烦！

"我说秋琵特老师，我知道你心情很愉快，但这究竟是什么歌呢？"

总觉得它很像演歌，一点也不像是情歌呀！

"所以说，低级黑魔女让人伤脑筋。这首歌名叫'青色山脉'①，是距今六十年左右的青春电影主题曲，很符合现在的气氛吧？"

这、这么古老的歌，为什么会符合目前的气氛呢？

"这部电影超好笑的！女主角原本想写'爱恋你、爱恋你'，却不小心写成了'爱变你、爱变你'。一下子就变得轻浮起来，咿嘻嘻嘻！"

我想知道的不是这个，而是那首歌！

"所以说，我们的目的地就是那座青色山脉，向日葵所指的地方啊！"

不会吧！那座山虽然绿意盎然，但直接说是"青色山脉"，未免太不经修饰了吧……

---

① 青色山脉：根据石坂洋次郎的小说《青い山脉》改编而成的电影，版本虽多达五种，但以 1949 年金井正所执导的作品最为知名

"话说回来，现在已经不是翠绿，而是接近墨绿哦！"

天色变黑，即将进入黑夜。就连那美丽的蓝绿色山脉也变得深沉浓郁。

"所以，我才想唱首歌来激励大家啊！桃花也听好了，我可不是个光经过初恋情人身旁，就会兴奋难耐的软弱黑魔女哦！啊，嘿唷♪恰恰恰、恰恰恰、恰啦啦啦恰恰恰。♪"

哎呀呀，何必逞强呢！秋琵特一直都在唱前奏，该不会根本不知道歌词吧？

话说回来，再不快点赶路的话，一入夜就会看不到山的方向，恐怕会寸步难行……

# 8 黑魔女为了悲剧而哭泣

伸手不见五指的森林，不用说那山脉，就连眼前的树也看不见。听不到任何鸟鸣，唯一听到的只有……

"♪恰恰恰、恰恰恰、恰啦啦啦恰恰恰。♪"

"够了，秋琵特老师，不要唱了！说不定附近有黑十字军埋伏呀！"

"又不是我唱的！"

是吗？那会是谁……

"姐姐，歌声是从那头传过来的哦！"

我往桃花妹妹所指的方向看去，从整齐排列的树丛间，露出了朦胧的橘色亮光，好像是从窗户透出来的。

"那是旅馆吧！天色这么暗，无法继续赶路了。今晚就在这里过夜吧！"

秋琵特露出傻笑，加快脚步。

啊！等等我。不要自顾自往前冲啊！

我跟桃花妹妹两人急忙在后头追赶，那歌声也越来越大声。

"♪青春快乐的歌声，山顶的冰霜雪也消去，百花开山边。♪"

"哇呜，还能学到歌词耶！越来越令人期待了！"

秋琵特……你果然不知道歌词。

"姐姐，这家旅馆好小哦！连二楼都没有。"

真的呢，这应该算是日式旅馆吧！在玄关拉门前的地面上还铺着砂砾。玄关上有个大大的板子，用笔手写店名的方式，也很有旅馆的感觉……

**《魔游旅馆　笨蛋之家》**

笨、笨蛋之家？

正当我们目瞪口呆时，里面传来了啪哒啪哒的拖鞋声。

"欢迎光临！旅途辛苦了。"

走出来的是穿着深蓝色和服、系着金黄色腰片，再绑上红色腰带的女孩。她应该不是温泉旅馆的负责人，反而比较像是女服务生。不过，外表给人的感觉却像是个小学生……

"是的，我是死之国的小六生'伶俐'，是这家旅馆的女将。虽然我名叫伶俐，头脑却不太灵光。所以我是'温泉屋傻女将'啦！"

不知所云啊……

"总之，请快进来吧！让我来带您们到房间去。"

自称是傻女将的伶俐小姐，出乎意料之外地勤快利落，立刻为我们排好了拖鞋。

"房间稍后再说。现在不是在办宴会吗？先带我们去那边吧！"

什么！我才不要去参加别人的宴会呢！旅馆的宴会不是卡拉 OK，就是喝一肚子水，超级无聊的……

我一说完，秋琵特立刻把脸凑近我的耳边。

"笨耶，从客人那边可以打探出许多情报呀！"

"是吗？不是因为前辈很想知道青色山脉的歌词吗？"

我也这么认为。

"总之，我们要去参加宴会，女将，快带路吧！"

"好的，那么，山吹房，请——"

傻女将伶俐小姐开心地走在长长的走廊上。接着，她优雅地跪在地上，用双手拉开纸门。

"不好意思，实在很抱歉，不知能否跟您并桌……哇！"

伶俐小姐蹲坐在地上，迅速地闪到一旁。怎、怎么回事呢？

我们小心翼翼地往内窥看……

"哎呀，各位同学们！今天风和日丽，大家的脸上也是容光焕发呀！"

是松冈老师！那张咧嘴大笑的脸以及那副眼镜，还有无法体会教室气氛，总是独自亢奋扮演热血教师的模样，实实在在证明了他就是五年级一班的班主任——热血的松冈老师呀！

"呃，不好意思，请问您是哪位……"

伶俐小姐掩不住一脸惊讶，诚惶诚恐地问。

这时，松冈老师突然转过身去，又突然转了回来。

"里鸣我——最喜欢零食了！"

向井里鸣同学！你怎么突然把身体缩得那么小，还将一大堆零食塞进很像袋子的口袋里，甚至还贪心不足地用下巴夹住好几样零食呢？

这究竟是什么状况？

"千代，你想知道真相吗？"

里鸣同学边说边将手放在下巴的位置。哇啊！那张

脸瞬间被摘掉了。取而代之的是胖大叔的古铜色脸庞。

"驮天使！真是的，不要吓我们好不好！"

伶俐小姐将手抵在和服领子上，大大松了一口气。

"什么是驮天使？你是谁？"

秋琵特冒失鲁莽地走进房间里，而那位名叫"驮天使"的大叔忽然站起身，将自己的坐垫分给秋琵特。

"我周游列国，沿路兜售有趣的魔界商品，我是个魔界叫卖商人。"

接着，坐在秋琵特旁边的桃花妹妹，疑惑地歪着头问："什么？堕天使，不就是被天神所放逐的天使吗？"

"'tuó'字不一样喔，姑娘。我的是'驮'，发音是骆驼的'驼'。"

还是被淘汰的天使喽？大叔你是天使吗？

"嗯，大概就是这么回事。那位姑娘，看起来像是实习黑魔女，你应该知道吧？事实上，魔界天空的上方就是天界，那里住着众多天神、白魔女和天使。"

咦？真的吗？喂，秋琵特老师，是真的吗？

"请听我说，姑娘。实际上，天使就跟黑魔女一样有等级。最顶层是大天使麦可跟天使长加百列等伟大的天使。像我这种讨厌念书跟修行的人，则永远属于最下层。

所以，有一天我的好友对我说：'你很适合当恶魔'。"

驮天使不知在何时已挺胸端坐，模样就像个相声家。

"结果当我回答'那我是恶魔呀'之后，脚下突然就裂开一个大洞，于是我四脚朝天掉进了魔界。不过，那也是理所当然的啦！谁教我不经意唱诵了开启魔界入口的咒语呢！"

啥？刚才那段话中，哪里是咒语？

"千代，你真的很笨呢！"

被秋琵特这么一说，我不禁火冒三丈。

"好吧，给你一个提示。因为驮天使说了'是恶魔呀'。"

什么？这就是提示？

"是恶魔呀"。"视网膜呀"。"是往魔呀"。"是往魔家"……

哎呀，"是往魔界"！

"那我就不再详述了。"

"真好笑，好有趣！"

"驮天使，好有趣哦！魔界相声很好玩吧？"

秋琵特跟伶俐小姐都用力鼓掌，哈哈大笑。

唉……没想到这么幼稚的人界双关语，在魔界居然

能当相声题材。

可是，桃花妹妹没有笑呢！咦？桃花妹妹，那是什么？

"驮天使脸上戴的面具呀！"

面具？真的耶！除了松冈老师和里鸣同学的脸之外，还有其他许多人的脸。

"这是'变脸面具'。只要戴上这个，就能变成和面具一样的脸。姑娘您还只是四级程度，无法使用'变身成眼前事物'的魔法，但在五年级一班拍合照时可以派上用场哦！要不要带一个？我算你便宜一点。"

我谢绝了。但是，他怎么知道我就读第一小学五年级一班呢？

"因为我是魔界商人，会针对有机会成为顾客的人进行彻底调查。那位穿着出色黑色斗篷的客人，是初段黑魔女秋琵特小姐，而拥有粉红色可爱眼睛的姑娘，则是一级黑魔女桃花·布洛撒姆小姐。"

这时，秋琵特突然站起身来。

"你、你这家伙！招摇撞骗的，根本就是罗培的……"

"啊！"伶俐小姐忽然大叫一声。

"客人，所谓隔墙有耳。大家就别再聊这个话题了。驮天使您也明白对吧？"

啥，什么意思？

"总之，不要涉及严肃话题，请务必配合哦！"

"嗯……"连秋琵特也点头同意。

"真不愧是魔界旅馆。墙壁上居然有耳朵……"

秋琵特你弄错意思了啦！根本就是大错特错。

"如果不喜欢'变脸面具'的话，那这个如何呢？"

驮天使无视于还在独自沉醉的秋琵特，从包包里拿出了各种行头。

"这是'魔拉卡斯（沙铃）'，边配合音乐沙沙摇晃，边说出讨厌者的名字。如此一来，对方便会遇到麻烦事。实习黑魔女，你心里有讨厌的人吗？我来实际表演给你看。'"

我既没有朋友也没有讨厌的人，所以不需要。

"那么，'嘿！灵气来也！'如何呢？只要演奏，幽灵就会靠近哦！"

"喂，千代，这个不错哦！试胆大会时，应该可以派上用场。"

我说秋琵特，明天是圣诞夜耶！谁会傻到在严冬里举办试胆大会呀！

"啊，驮天使，你也卖漫画杂志啊！"

桃花妹妹的眼睛闪闪发光，该不会是看到《好朋友》的最新刊吧？

"不，这是《魔志月刊》。"

"什么嘛！原来是男性杂志。"

全都是一些我不感兴趣的东西，再加上实在累坏了，所以我要先上床睡觉。

"既然如此，请先品尝这道料理好吗？"

伶俐小姐端出一个附盖的白色器皿。

等一下！万一打开盖子，有蛇或青蛙之类的跳出来的话……

"请放心。这道料理连人界的黑魔女都很喜欢哦！"

什么？人界的黑魔女也会来这里？

"当然。因为人界有许多黑魔女来魔界修炼，大家都对魔界食物非常不适应。因此，'笨蛋之家'特别费心准备各式料理，好让为三餐而苦恼的顾客能轻松享受美食。"

伶俐小姐手指着盖子正中央。那里描绘着一个如同照片般清晰的女人脸孔，会是谁呢？

"这是'黑魔女坎钙紫'。"

哦，原来是黑魔女呀！眼尾跟嘴角都堆满了笑容，非常和蔼可亲的样子。虽然看起来不像会使用黑魔法，但她究竟是何许人呢？

"她是一手创立'笨蛋之家'，并大力拓展规模的女将。我们餐厅原本只局限于一个房间，但由于她用心关怀每位客人，特别是曾被坏心指导员严厉训练过的实习黑魔女，因而好评不断，进而拓展到目前有十二个房间规模的旅馆。而且，她还以坎钙紫为品牌，分送器皿的盖子给客人带回家当纪念。因为'坎钙紫'就是'看盖子'呀！"

啥？有点听不懂耶！

"哎呀，不是有人发音不标准，把'看清楚'说成'看清此'吗？所以，'坎钙紫'其实就是'看盖子'的意思呀！"

这、这双关语实在太牵强了。但话说回来，这里毕竟是热爱冷笑话的魔界呀！

咦？刚才伶俐小姐好像对我眨眼示意耶……不过，管他的。本姑娘要来享用这盘连人界黑魔女都喜欢的料

理！我怀着忐忑不安的心情，小心翼翼地打开白色盖子……

哇呜，扬起一阵热腾腾的雾气耶！这是什么？是汤豆腐吗？

可是，颜色偏灰耶！而且形状很像布丁。白色部分是鲜奶油，下方的咖啡色泽是焦糖浆吗？不过，灰色的布丁还真稀奇耶……

"没错，是布丁。因为这灰色布丁里，混合了黑豆泥。"

黑豆？感觉好诡异哦！因为在盛器边缘，还摆上了栗子当装饰……好像在哪本书上看过！我记得应该是……

"这、不就是'露天温泉布丁'吗？"

绝对是这样没错。这道甜点出现在《温泉屋小女将》一书当中，是由主角关织子所做，并在花之汤温泉名产点心大赛中得奖的作品。

"完全正确！千代，你太厉害了，博学多闻！"

我说，现在不是高兴的时候吧？因为这是仿冒品呀！

"好东西就应该大力仿冒啊！"

天呐！居然将错就错……不愧是魔界。

"更何况，我们又不光是如法炮制，也有加入原创的部分！所以，请品尝一下嘛！"

好的、好的。管他是不是仿冒，反正我超爱吃布丁。

我用汤匙舀了一口。哇啊，感觉好软嫩哦，那我就不客气喽！

咦？咳咳？呼呼呼呼？

"千代，你怎么了？"

好、好辣哦……辣死人了！为什么这布丁是辣的呢？

"为了自创口味，所以做成了椒糖酱。"

竟然把焦糖酱改成了辣味的椒糖酱……这里果然是魔界，任何东西都与双关语脱不了干系……

"喂，女将！不要光服务千代，我也要食物！"

"是的，立刻为您送上！那么，就请千代慢慢品尝！"

要我慢慢品尝辣布丁？门儿都没有。

"啊！还有别忘了把盖子带回家。因为'坎钙紫'是我们的交流密语呀！"

真是的，根本无法享受嘛！唉，谁教这里是魔游旅馆……

☆

这天夜里，我们终于能够在榻榻米上盖着松软的棉被睡觉了。秋琵特跟桃花妹妹躺平后，立刻呼呼大睡。这也难怪，因为我们度过了难以想象的一天呀！

可是，我却翻来覆去辗转难眠……因为我向来没有朋友，亲戚也仅奶奶一人，外宿的经验更是少之又少，而此刻却必须在魔界过夜。

这里的时间是如何计算的呢？如果跟人界一样，那爸妈一定很担心吧？

我想，两者的时间快慢应该不同才对。因为之前在轻井泽的校外教学途中，我们五年级一班全体学生曾被卷入魔界，当时魔界的一天大约是人界的数小时。

尽管如此，还是有许多事情令人非常挂心……

我很担心能否平安抵达泪之国，而奶奶跟古岛真红同学的下落也同样令人担忧。万一我们失败了，恐怕将连累"有BEAR"先生跟日芳向日葵小姐。

然后，还有一件事。虽然是小事，却让我很在意。那就是伶俐小姐所说的话。

"而且，她还以坎钙紫为品牌，分送器皿的盖子给客人带回家当纪念。因为'坎钙紫'就是'看盖子'呀！"

伶俐小姐对我眨眼，应该是在传达消息吧……难道有什么特别含义吗？

我坐起身来，看着折叠好放在枕头边的哥特萝莉服。带回家当纪念的那个圆形白色盖子，就摆在黑色蝙蝠衬衫上。正中央是笑容洋溢的黑魔女坎钙紫的画像。

"'坎钙紫'就是'看盖子'呀！"

是叫我看盖子吗？我随手把盖子翻了过来。背面居然有个信封。被布丁的热气蒸得皱巴巴的白色信封，里面有张便条纸跟一小本书，以及手掌般大小的镜子……

# 9 姬夜川的悲伤传说

四级黑魔女黑鸟千代子小姐敬启

突然给您这封信，实在非常冒昧。

我知道您被罗培追捕一事，所以才提笔写下这封信。希望您不会疑惑，为什么我会知道这件事。因为我从事服务业，自然会得到各种信息，对于您所发生的事情自然也就了如指掌。

为了让您能够顺利抵达泪之国，谨附上笨蛋之家特制的旅游指南《魔界漫游·青色山脉》，请务必使用。

虽说直接向您说明会比较清楚，但本旅馆是提供给对修行感到厌倦的黑魔女，以及因无法完成修行而迷途于魔界的失格黑魔女所使用。因此，本旅馆受到异议分子审判官以及强调教养的高级黑魔女们的严格监视。这正是所谓的"隔墙有耳"。

倘若被他们得知您曾来投宿，本旅馆恐将立刻被团团包围。因此，就连这封信也不得不以如此艰深难懂的方式给您，希望您能谅解。

还有，请趁深夜尚未天明之际出发。听说明日一早，黑十字军就会前来调查。

另外，驮天使已经戴上您们的"变脸面具"在夜里出发了，希望能帮您们争取些许时间。此外，驮天使的母亲，也就是前任黑魔女所赠送的礼物"魔法镜"也一同附上给您。据说只要将此镜照向对方，对方便会原形毕露。在您遇到可疑分子时，此镜应可派上用场，请务必妥善保管。

我相信有许多人都在默默帮助您。故容我在此冒昧叮咛，请您千万不要辜负大家的苦心呀！

最后，谨在此感谢您光顾"魔游旅馆　笨蛋之家"，同时祝您旅途一路顺风。

　　　　　　　　　　　温泉屋傻女将　伶俐敬上

"秋琵特老师、桃花妹妹，快起床呀！"

我用力摇着睡得正香甜的桃花妹妹以及鼾声大作的秋琵特。

"做、做什么啊，千代……让我在千代田里多玩一会儿嘛……"

现在不是睡眼惺忪说大叔冷笑话的时候啦！

我把那封信交给揉着双眼坐起身的两人。

"这、这是什么？"

秋琵特张大了黄色眼睛。

"原来墙壁上没有耳朵呀……"

我说秋琵特，耍白痴也要懂分寸哦！

"原来驮天使的母亲是钱串黑魔女呀……"

桃花妹妹你也弄错了哦！上面写的是"前任"不是"钱串"。

"总之，我们又受到他人帮助了，实在是幸运！"

没错，就跟梅柳吉努校长所说的一样耶！

"那女孩虽然自称是傻女将，但其实很冰雪聪明呢！"

因为她的名字就叫作伶俐呀！

"所以前辈，该怎么办呢？地图也有了，现在立刻出发吗？"

桃花妹妹迅速抚平凌乱的头发，站起身来。

"不，再多睡一会儿好了。因为这一路上都没能好好休息。"

"也对。因为从《魔界漫游》这本书看来，好像还有一些难关在等着我们。"

可是，我担心一旦睡着就起不来耶……

"清晨修炼时，不都是五点起床吗？现在也一样啊！"

天！即使外出旅行也要五点准时起床。黑魔女修炼真是严苛呀……

☆

"♪绿色的溪边天边角，今日又是叫你向往去。♪"

哎唷！我已经听腻这首歌了。♪恰恰恰♪的前奏烙印在脑海里挥之不去……

"没关系啦，你看！青色山脉不就近在眼前吗？只要跨越这座山，就抵达泪之国了。好，接下来是第二段。♪破旧的古衣呀再会啦。♪"

拜托不要再唱了。

今天终于抵达泪之国。援救奶奶跟古岛同学的重责大任正等着我，可是我却全身没劲儿。

桃花妹妹好像都不在意耶！她正一脸冷静地看着伶

俐小姐所送的指南书，神经实在有够大条，让人好生羡慕……

"我们必须先去'洛丽塔小姐的哥特萝莉服装店'，因为那里的人会告诉我们前往青色山脉的秘密登山道路。"

"哥特萝莉服装店"？这不是很奇怪吗？

这里是一片大荒地，到处都是硕大的岩石，岩石的缝隙中有着茂盛的杂草，连半条像样的道路都没有。在这种地方开店会有客人上门吗？

"既然伶俐小姐这样告诉我们，就应该不会有问题。好，走喽！♪忧愁的念头呀再会啦，蓝色的山顶，玫瑰色雪片。♪"

秋琵特以自己拔尖的声音，唱着"青色山脉"，然后……

"♪憧憬的——咱也前途鸟啼也快乐。♪"

一阵高亢的女声响起，搅乱了宁静的空气。是、是谁？

一个硕大的人影从岩石阴暗处走出来。是个非常肥胖的女人，而且穿着夸张得吓人。无袖连身裙是粉红及红色条纹的图样，袖口跟裙摆都点缀着轻飘飘的白色蕾丝。最令人跌破眼镜的，是别在胸前的特大爱心！虽然这样说很没礼貌，但这身打扮跟那肥胖中年阿姨模样实在很不相称……

"秋琵特老师、桃花小姐、千代妹妹，欢迎光临！欢迎来到'哥特萝莉服装店'，我就是洛丽塔！"

哇呜，她还双手抓起裙摆，弯腰致意耶！拉着裙摆的手还翘起小指头……

"太诡异了吧！姐姐，赶快用'魔法镜'来验明正身。"

呃——可是，此人夸张的装扮虽然堪称怪物等级，看起来却不像坏人呀！我不想胡乱怀疑她。

"请问，为什么你会知道我们的名字呢？"

听到我开门见山直接问，桃花妹妹简直吓坏了。

可是，洛丽塔小姐却晃动那松弛的双颊笑着说：

"因为鸟儿将来自魔游旅馆伶俐小姐的留言交给我啦！信上说：'♪可爱的黑魔女们即将到来，三人结伴同行'。♪"

这位女士，您唱得比说得好听哦！

"不过，你们比我想像中还要可爱耶！帮你们挑衣服一定很有成就感。"

不，我们并不是来买衣服的，而是想知道登山秘密

道路……

"那么，请往这边走。有很多漂亮的哥特萝莉服可供挑选哦！"

洛丽塔小姐无视我们的疑惑，气喘吁吁地穿梭在巨大岩石之间。然后，滔滔不绝地对着目瞪口呆、跟在后头的我们说道："各位喜欢哪种洋装呢？我身上这件很不错吧？这是条纹爱心无袖连身裙！飘逸的蕾丝搭配滚边荷叶袖，很可爱吧？裙子里头加了好几层薄纱，所以特别蓬蓬呢！"

面条爱心连连看？她在说哪一国话呀……

"所以说，我们不是要买衣服，而是想知道……"

"好，到了。请进！"

洛丽塔小姐的店内装潢，时髦又大方，墙壁钉上全白木板，屋顶以大红色木板紧密排列而成，窗户上方则挂着粉红及白色相间的遮阳布。

可是……哥特萝莉是以黑色为基调的恶魔风服装呀！这家店不管怎么看，都是"梦幻少女系蛋糕店"的感觉。

"那是因为，这四周都是清幽的高原啊！如果完全走向哥特风的话，不就太煞风景了吗？"

可是，把店面设在这里就是破坏环境啊！

"如何啊？有很多美丽的洋装吧？"

"真是令人眼傻的家伙！"

秋琵特，你的用语很怪哦！不过，我非常了解你的心情。因为这家店的墙壁上全都挂满了镜子，而满坑满谷的洛丽塔几乎要淹没整间屋子。

"这些原本都是我的收藏品。"

意思是说，这些全都是洛丽塔小姐个人的衣服？这、这未免太多了吧……

"会吗？可是，一天穿一套，一年就需要三百六十五套啦！打从六岁时第一次穿萝莉服，如今已经过六十……"

洛丽塔小姐那张大白脸，突然染上一抹红晕，这是怎么回事？

"讨厌啦！我差点就泄漏自己的年龄了。"

哦，原来是这件事啊！没错，听说女人的年纪跟腰围尺寸是最高机密，所以保持沉默是对的。

"总之，我拥有两万两千六百四十五套。因为不穿也是浪费，就在去年开了这家店。我想我也该从萝莉风毕业了吧！"

可是就我看来，您离毕业还很遥远耶！

"对了，千代你几岁？"

若无其事问别人年纪，这点倒是十足的中年阿姨个性。

"十岁。明天就十一岁了。"

"那么，大概只穿过一千套吧，想要开店还早呢！"

声明一下：我目前只有一套哥特萝莉服，平日都穿吊带工作裤，所以总共才两套衣服。还有，不管长到几岁，我打算永远都穿吊带工作裤！

"吊带工作裤！那是特别款式的萝莉服吗？待会儿要告诉我哦！"

"不管有多好看，重点都在于有没有内涵呀！"

啥？从萝莉衣服堆中传出的声音，好耳熟……

"小惠！"

一身雪白的萝莉服，装模作样走走台步，肯定是小惠没错。只见她右手叉腰，左手放在头后方，挺直了肩膀，还眨了眨眼。

可、可是，小惠为什么会在魔界呢？

"哦！千代，你认识我孙女小惠惠呀？"

小、小惠惠？虽然名字很像，但如果她是洛丽塔小姐的孙女，那就是我弄错了。不过话说回来，无论是长相、样子或讲话方式，相似度几乎是百分百。

而且，她身上穿的洋装也好华丽哦！到处都点缀着刺绣跟贴饰。

"这是以'睡美人'故事为主题所设计的灯笼袖连身裙！"

啥？"睡美人"？

"在方形领口的地方，缝上对公主施咒的坏心黑魔女贴饰。裙子四周则绣上纺车之塔、纺织机、插着针的纺车，以及陷入沉睡的城堡子民们。也就是说，穿上这件洋装的我就是公主！"

是吗……

"袖口的波浪设计跟裙摆的扇贝蕾丝，走的是清秀公主风。这种款式，就要像我这么可爱的女生才能穿出特色哦！"

出现了！魔界的小惠也是以自我为中心。

"而且啊，王子的亲吻是唤醒沉睡公主的唯一方法，不是吗？穿上这件洋装之后真的让我桃花超旺！店门口每天都有男生大排长龙，甚至还排到青色山脉的另一端，真伤脑筋耶！"

可是，我才刚从外面进来，连一只苍蝇都没看见哦！

"……洛丽塔小姐，请您尽快告诉我们登山秘道，我们正忙着赶路，而且秋琵特前辈的个性比较急躁……"

啊，真的耶！秋琵特居然大刺刺地坐在地上抖脚呢！

"哎呀！都怪我只顾着说话。不好意思，秋琵特小姐，我立刻为您挑选合适的洋装。"

不，洛丽塔小姐，我不是这个意思……

可是，她却充耳不闻。反而喳呼喳呼地说着："秋琵特小姐果然很适合哥特萝莉服选择的款式最好能映衬出你的一头银发跟白皙的肤色"等等。她晃动身上的肥肉，来回不停奔走。

"就是这套！这套绝对适合你！"

一把拖出那套黑色洋装之后，洛丽塔小姐突然举起右手。

"洛丽塔的漂亮魔法！噜叽乌给·噜叽乌给·萝莉塔蕾！"

咦？到底发生了什么事？

"哎呀，你不知道'漂亮魔法'吗？只要边在心里想着自己最喜欢的服装边唱诵这个咒语，就能立刻换装啦！这是四级黑魔法，我还以为你早就知道呢！"

不等洛丽塔小姐把话说完，秋琵特便猛然转过身。

"笨蛋！只能变装的魔法，根本毫无意义。衣服啊，就是要自己换穿、自己折叠整齐，才是真正的黑魔女……"

秋琵特忽然沉默下来。正当我们感到疑惑时，她突然弹跳似的站起来。

"啥？天啊！鬼见活了！"

秋琵特，你又在胡言乱语……咦？妈呀！真的是活见鬼了！

"秋琵特老师，你的裙子是怎么回事？"

没错，她不但穿着裙子，而且还是迷你裙。滚上厚厚一层飘飘蕾丝的黑色迷你连身裙！

"这是黑色马甲荷叶边小洋装哦！"洛丽塔小姐一脸满意地笑着，"它可以衬托出纤细的身材线条，还有自然垂落的荷叶边也很可爱呢！胸前的车缝线很有女人味，背后的抓皱设计也很惹人怜爱。华丽中带点俏皮，剪裁又利落，很适合秋琵特小姐呢！"

站在我身边的桃花妹妹，也是用力眨着眼，点头同意。

"真的耶，前辈好漂亮哦！简直是美呆了……"

"傻瓜、笨蛋、呆子、废物、洛丽塔、胖嘟嘟、年纪大！"

秋琵特，这样讲很没礼貌耶！

"没礼貌的是谁呀！把我打扮成这样！胸前、背后、双手、双脚全都露！还给我！把我的黑色皮革斗篷跟靴子还给我！"

"可是，不穿成这样的话，你恐怕无法活着通过'松榭蜜雪'那关哦！"

什么？小惠，不不，是小惠惠，拜托说清楚嘛！

此时，洛丽塔小姐静静地把手搭在秋琵特肩上，始终笑眯眯的表情瞬间消失，转为认真严肃的神情……

"我当然会告诉你们秘密的登山道路。只要走那条路，你们就可以躲过罗培和黑十字军的追缉，成功进入泪之国。不过在那之前，你们必须先安抚姬夜川的幽灵。"

姬夜川的幽灵？

"是的，名为'松榭蜜雪'的悲伤黑魔女幽灵。请听我慢慢道来。"

在前面不远的地方，有条发源自青色山脉顶端"雪割樱"，名为"姬夜川"的溪流。因此，若有人想穿越青色山脉，就必须沿着姬夜川往上爬才行。

然而，过去那些想通过这里的黑魔女、魔物和动物们，全都被从河里现身的幽魂拖进了河里。

那幽魂就是松榭蜜雪，是位年仅十七岁的窈窕少女，但听说她的臂力强大到连大熊都无法抵挡。

为什么会这样呢？这里有个悲伤的传说。

松榭蜜雪原本是人界的女孩，是个喜欢读书玩乐和社团活动的普通高中生。由于情窦初开，因此也有了喜欢的男孩。

只是，这男孩是个万人迷。头脑好、长得帅，又是个运动健将，所以总是被女生们簇拥着。喜欢上这男孩的她，当然也加入簇拥的行列。但趁男孩不在时，那些女生却毫不客气地对她说："你得到了谁的允许吗？你凭什么在这里？"

女生们擅自结成小团体，除非是她们认可的女生，否则休想靠近男孩一步。而且，若有女生想进入这个小团体，就必须符合她们所订下的"标准"。

那就是脸蛋好、身材棒、品位好。

其实，上述这些标准都是见仁见智。只不过，平日总是Ｔ恤搭配牛仔裤，一身休闲装扮的她，却遭到这些女生冷言嘲讽，例如"丑八怪大象妹"、"肥猪萝卜腿"、"廉价Ｔ恤女"等。

日复一日，同样的戏码不断上演。最后甚至连在喜欢的男孩面前，她也会遭到那些女生辱骂。男孩的心地善良，总是温柔地对她说："这样的装扮，很可爱呀！"不过，这个举动反而让那些女生更加妒火中烧。

女孩逐渐心生恨意。一开始是痛恨那些漂亮女生们，接着怨恨那一件件美丽衣服，然后便是抱怨把自己生成丑八怪的双亲。

留意到女孩心中这股"恨意"的，是罗培。

于是他送给女孩一件充满魔力的哥特萝莉服。女孩一穿上它果然立刻判若两人，变得美丽迷人。

"只要来魔界，你就能变得这么漂亮。等到经过修炼变成黑魔女之后，将会变得更加完美动人。不仅如此，你还能诅咒人类，进行复仇呢！"

女孩信以为真，来到了魔界，努力进行修炼。这也是理所当然，因为她充分具备了黑魔女的资质。

罗培喜出望外，于是便在某天递给她一张照片。

"我要你对这个少年施展'自卑感魔法'！"

这项魔法会让被下咒者觉得自己所有的一切都比别人差、比别人糟糕。

她按照指示做了。被施展黑魔法的高中生，瞬间受到诅咒。只要有人称赞他长得帅，他就以为别人在笑他没内涵；听到有人赞美他的温柔体贴，他便以为自己一定缺乏强壮的男子气概……

见到她因施咒成功开心不已，罗培拿出了刚才那张照片。

"你看这个，如果你的喜悦不变，就表示你能成为真正的黑魔女。"

女孩整个人呆住了。因为照片上的高中生正是她所暗恋的对象。

原来，罗培用黑魔法把照片移花接木了。

"身为黑魔女，就算是喜欢的对象，也必须毫不留情地施予诅咒。"

可是，女孩却因无法承受而崩溃了。她尖叫着跑出罗培的宅邸，在魔界徘徊了好几天，最后跳进姬夜川自杀身亡。

　　然后，她就成了幽魂。名为松榭蜜雪的幽魂。

　　"罗培真的是太过分了！"

　　粉红色的眼泪从桃花妹妹的脸颊潸然滑落。

　　"可是，我实在不明白罗培为何会做得那么绝耶！"

　　秋琵特暂时忘了身穿轻飘飘哥特萝莉服的事情，困惑地歪头想着。

　　"修炼不是进行得很顺利吗？"

　　"罗培是个只想到如何让自己更强大的男人呀！他一定很想在黑魔女教养协会面前，炫耀自己把一个尚未进入魔女学校的女孩，训练到能够对人类下咒吧！可是，把弟子逼到绝路，一定会因违反'指导员契约'而被问罪。所以，他才会把松榭蜜雪的事情给掩盖起来。"

　　也就是说，这是第三位牺牲者喽！真的是个无恶不作的大坏蛋。

　　"不过，洛丽塔小姐，这位松榭蜜雪幽灵，跟穿上可爱的萝莉塔服，有什么关系呢？"

　　我一说完，秋琵特的脸立刻胀红。

　　"对啊！为什么我一定要穿上这身装扮啊，快点把衣服还给我！"

然而，洛丽塔小姐却慢慢地摇了摇头。

"因为松榭蜜雪想要可爱的衣服呀！如果没有衣服给她、或是衣服不够可爱，她就会暴怒，把人给卷进河里呀……。"

什、什么意思？

"她经常想着'想要变得更可爱、想要变得更漂亮'。她深信如果在高中时，自己够可爱的话，就不会发生这种事了。所以，一旦遭到松榭蜜雪攻击，只要迅速拿出可爱的衣服，便能得救哦！"

"既然这样，用手拿着不就好了吗？"

"桃花，你好厉害！说得一点都没错。所以，快把衣服还我！"

"唉呀，如果只是拿在手里，就不知道这衣服是否好看啦！"

说得好呀！所以说，秋琵特你就委屈一下喽！

"就是要穿上漂亮的服装，昂首阔步往前走，才能让松榭蜜雪信服啊！就像小惠惠那样。"

就像小惠惠那样？听得我一头雾水。

"小惠惠的口头禅是什么呢？"

这时候，小惠惠噘起嘴不服气地说："不是口头禅啦！是真的没有人长得像我一样可爱呀！"

仔细想想，我们五年级一班的小惠也经常把"像我这么可爱呀"挂在嘴边。

"没错。千代，漂亮的基础来自于自信哦！可爱与否是自己决定的。穿着自己最喜欢的服装，总是抬头挺胸面带笑容，这就是'可爱'。而且也一定会被大家公认为漂亮的女孩。"

"自信"呀……总觉得似懂非懂。

可是，不知道那边那位黑魔女是否能马上做到耶！

"笨蛋！穿着这种衣服，要怎么有自信呢？我可是让爱哭鬼也闭嘴的秋琵特呢！我不曾想过、也不想被说可爱啦！"

看来是比登天还难了。而且，光是耗在这里也不是办法啊……既不用穿上花哨的萝莉塔服，又能让松榭蜜雪觉得可爱的方法……咦？如果用那招的话……

"不好意思，洛丽塔小姐，可以教我'漂亮魔法'吗？"

洛丽塔小姐惊讶得睁大双眼。

"这对我而言只是举手之劳，但你学这个是要做什么呢？"

反正我自有考量。而且我觉得，这应该是个好方法……

# 10 穿越恐怖的青色山脉

"总觉得，气氛变得很诡异耶……"

桃花妹妹缩着脖子，东张西望。

我们正走在一片葱绿茂密的森林里。从大岩石间隙进出的溪流，被那绿色隧道般的森林笼罩着。走出洛丽塔小姐的服装店还不到三十分钟，那凉风吹拂的高原就已不知在何方了。

河水干净清澈得令人赞叹，就连金色鱼儿游动的情景也清晰可见。但是，周遭的气氛却阴森得仿佛随时会有幽灵出现……

"早知道就应该穿上洛丽塔小姐推荐的萝莉服呀！"

"你在说什么呀，桃花！我们可是梅柳吉努校长的爱徒耶！万一被人家知道身为黑魔女的我们穿那么花哨的衣服，以后要怎么混下去啊！"

穿回黑色皮革装束加厚底靴的秋琵特，维持一贯的強势作风。

"可是姐姐，真的没问题吗？"

桃花妹妹一脸担心的样子。

"不需要漂亮的衣服，因为我想运用'漂亮魔法'让松榭蜜雪瞧瞧。"

至于要做什么，该怎么做，我却一点头绪都没有，也难怪洛丽塔小姐、小惠惠和桃花妹妹都会如此担心了。老实说，说出大话的我也是胆战心惊呀！

"没问题的，千代，要有自信。你是我的弟子，只要是你决心要做的事，我都相信你。"

秋、秋琵特，你这么为我加油打气，我真的好高兴哦……

"桃花也不准害怕。黑魔女居然会怕幽灵，这是成何体统！幽暗的森林呀，您好！幽灵小姐，您好！要拿出这样的气魄来。"

啪啦！

"出、出现了！"

秋琵特！刚才只是小鱼跃出水面啦！真是的，只会空口说白话，你的气魄到哪儿去啦！

"我不需要气魄，给我漂亮的衣服。"

啥？不知从哪儿飘来了如同银铃般的微弱声音……

"啊，姐姐……"

桃花妹妹拉了拉我的上衣袖子，我顺着她那纤细玉手所指的方向望去……

树叶繁茂的树枝下，隐约有个人影！

身体仿佛枯枝般纤细，低着头，长长的头发垂落在两侧。身上的衣服如同纱布般雪白而单薄，似乎一眼就可看穿她的身体。

莫非，她就是松榭蜜雪小姐……

我跟桃花妹妹不由得退了一步，秋琵特则早已逃之夭夭。接着，那雪白半透明的女子，迅速地将双手往前伸直。那手上似乎缠绕着红线……

"河……"

恍若风掠过叶子的微细声音。

"这种地方为什么会有河？"

在桃花妹妹的身后居然出现一条河！如同冰雪般凛冽的河水，流过尖锐的岩石，发出了轰隆轰隆的声响……

"千代、桃花，这边呀！"

秋琵特拼命挥手。没、没错，总之赶紧逃命！

这时，松榭蜜雪小姐的手又动了起来。

"梯子……"

突然出现了四角形木材挡在眼前，简直就像是木头做成的牢房一样。

"姐姐，这个是特大号的梯子耶！"

巨大的梯子就那么横倒在森林中央。而之所以让人乍看像牢房，则是因为一整排木头踏梯的缘故。不过，梯子虽大但踏梯间隙却很小，因此看似能够逃脱，实则挤不出去……

"这个低级黑魔女！成天吃饱睡、睡饱吃，才会变这么胖啦！"

秋琵特，做人要凭良心哦！从昨天到现在，我只吃了"有 BEAR"先生的松饼跟一小口的"笨蛋之家"的超辣布丁而已耶！

"少啰嗦！别管这些鸡毛蒜皮的事情了，快过来！"

"这是不可能的……"松榭蜜雪小姐喃喃自语着。

"你们以为能逃出松榭蜜雪的'翻花绳魔法'吗？"

依旧面无表情的松榭蜜雪小姐迅速将双手朝向我们，她的手上有着梯子形状的红线。

所谓的翻花绳魔法，莫非就是将翻花绳所做的形状加以实体化？

"还有秋琵特，你也逃不了的！"

那白皙的手又迅速动了起来，红线在剔透的指间流畅的移动着。

"富士山……"

咚！在轰隆巨响的瞬间，脚底也摇晃了一下。

"哇啊！"

发出哀嚎声的秋琵特身后，出现了一座巨大无比的高山！

太、太可怕了……如果是在平常的话，翻花绳变出的形状变成真实物品应当是趣事一件，但现在这一切是幽灵操控黑魔法所造成……

"喂，快给我可爱的衣服……"

出、出现了！真的就跟洛丽塔小姐所说的一样。那么，接下来会是……

"不给我的话，就把你们拉进河里……"

桃花妹妹紧紧握住了我的手。别担心，桃花妹妹。一切包在我身上。

"松榭蜜雪小姐，刚好没有衣服可以给你耶！"

松榭蜜雪的脸瞬间扭曲变形。张大的嘴巴里还长出了利牙，眼珠也闪着红光。

"等一下！虽然没有衣服，但我可以让你变可爱！"

"你说什么？"

"你不是想变可爱吗？想变成一个受到心爱的男生所注目的可爱女孩。既然如此，我可以帮你实现！"

"哼！像你这种黄毛丫头，能够做什么呢？"

松榭蜜雪小姐那有如鬼魅般的脸慢慢朝我靠近了！

"姐、姐姐，这完全不管用嘛……"

冷静点，桃花妹妹。还没开始前，不能轻言放弃，我可是充满信心哦！没错，最重要的就是自信，要相信自己。

"千代的'漂亮魔法'来喽！噜叽乌给·噜叽乌给·巧克雷特！"

从幽暗的森林里，射出一道朦胧的白光。

"唉呀，这是什么呀！"

松榭蜜雪用双手抱住脑袋。

"姐姐，这究竟是……"

桃花妹妹茫然呆站着。

"么什搞，蛋笨！"

秋琵特也因过度惊吓，又开始胡言乱语了。

我也一样吓坏了呀！因、因为，我们四人居然都是……

吊带工作裤装扮！

松榭蜜雪那头黑色长发，就像钢丝般怒发冲冠，耳朵则变得跟恶魔一样尖耸。

"姐姐，你惹得她更加生气了啦！"

我知道……但最重要的关键，现在才要开始啊！

"松榭蜜雪小姐。我觉得你这个模样非常可爱哦！"

"你说什么？这副模样哪里可爱了？"

"因为非常自然呀！你原本就很喜欢这样的服装不是吗？"

此时，松榭蜜雪小姐突然停下脚步。

"松榭蜜雪小姐，其实你最喜欢T恤搭牛仔裤的休闲装扮吧？事实上，我也是偏好吊带工作裤……"

"可、可是，这样的打扮会被大家取笑很俗气的……"

"那有什么关系。我超喜欢吊带工作裤配T恤，一点都不觉得可耻，这才像我自己呀！"

话说回来，我这才注意到洛丽塔小姐所教我的"漂亮魔法"，能够让人立刻换装成最适合自己的服装。至于是何种服装，则因人而异。所以，就我来说当然是非吊带工作裤莫属。

换上这久违的吊带工作裤，果然让人通体舒畅耶！

穿上哥特萝莉服的我，总是觉得自己是黑魔女身份，不努力不行，因而累积了许多压力。再加上我老是出错，当然也就越来越没有信心。

可是，穿上吊带工作裤时就大不一样。因为感觉自己好像变回那个热爱灵异、喜欢魔法、爱好阅读、偏好独处、有点朴素的黑鸟千代子。

"这就是我。我想，爸爸妈妈跟五年级一班的全体同学，一定都会喜欢这样的我。虽然从没听他们亲口说，但只要坚定自信，就不会有自卑感哦！"

松桷蜜雪眼中的红光消失了。她低着头，用纤细手指抚摸身上的吊带工作裤。

"松桷蜜雪小姐也要有自信呀！不管被说什么，就以平常T恤搭牛仔裤的装扮，抬头挺胸去面对就好了。因为那就是自己，最自然也最闪耀光芒的你。这样的话，一定能变得更可爱的。"

"变得更可爱……只要当自己……只要抬头挺胸……"

"没错。不论多么美丽的衣服，如果是勉强穿上，就不会显得可爱哦！洛丽塔小姐就是这么说的。"

漂亮的基础来自于自信。可爱与否是自己决定的。穿着自己最喜欢的服装，总是抬头挺胸且面带笑容，这就是"可爱"的真谛。

"如此一来，一定会被大家公认是个可爱迷人的女孩！"

听到我这么说，松榭蜜雪立刻蹲了下来。

怎么了吗？不要紧吧？身体不舒服吗？

"……我，好喜欢这套衣服……"

"什么？"

"好轻松哦！就像回到以前的我一样。以前的园井美纱……"

园井美纱，这是她在人界时的名字吧？

"黑鸟千代子小姐，你说的哦……"

松榭蜜雪小姐忽然站起来，凝视着我。

"……我，可爱吗？"

"嗯，很可爱哦！"

虽然我说得有点心虚。但是松榭蜜雪小姐，不，园井美纱小姐整个人却变得光芒耀眼。剑拔弩张的模样消

失了，表情也放松了。脸颊染上一片红晕，那温柔的笑容好可爱。

"是吗？"

松榭蜜雪小姐点点头，从工作裤口袋掏出一样东西。像是个圆形透明的玉。她将那东西轻轻贴在胸前，要做什么呢？

"你看这个。"

松榭蜜雪小姐将玉递给我。当我靠近一看……

"天啊，有个女孩在玩……这究竟是……"

"那是初中时期的我。"

就读初中时的园井美纱小姐？真不可思议！而且，那身装扮不就是吊带工作裤吗？跟我身上穿的好像哦……

"这个时期的我很快乐，总是一身这样的装扮跑来跑去的。虽然有很多时髦漂亮的朋友，但我却完全不在意。"

嗯，映照在这上面的美纱小姐的笑容，真的闪闪动人耶！

"这个水晶玉叫作'当时的回忆'，只要把它贴在胸前，便能反映出昔日最美好的回忆。"

话一说完，松榭蜜雪小姐便把玉放在我手上。

"给你。"

什么？要给我？为、为什么呢？

"因为你给了我世界上最美丽的衣服，也点醒了我之前做错的事情。你也让我想起真正的自己，所以我已经不需要……"

松榭蜜雪小姐泪眼婆娑。那恍如玻璃般的泪滴，悄悄滑落清透的脸颊。

"对最喜欢的人施展黑魔法，这件事已经无法挽回了……"

松榭蜜雪小姐用双手把"当时的回忆"跟我的手叠在一起。

好温暖的手呀……

"从今天起，我不会再折磨路过的旅人了。我会穿上适合自己的服装，用最像自己的笑容为旅人送行。我不再是姬夜川的幽灵松榭蜜雪，我决定以园井美纱的身份继续走下去。"

松榭蜜雪小姐露出和煦的笑容，将卷在手上的红线抛向天空，那红线就像一阵烟般消失了。

"哇呜，千代，干得好呀！"

奇怪，秋琵特为什么可以抱住我呢？

"姐姐，梯子消失了，那条河跟富士山也都不见了耶！"

"因为'翻花绳魔法'已经结束了。"

松榭蜜雪小姐静静地点点头，走进姬夜川中。

"再见了，黑鸟千代子小姐。非常谢谢你！"

啊，松榭蜜雪小姐，等一下呀！

可是，松榭蜜雪小姐早已身处河流漩涡中央了。一阵巨大的水花瞬间扬起，随即恢复平静。吊带工作裤装扮的松榭蜜雪小姐消失无踪。

松榭蜜雪小姐往后都必须以幽灵的模样待在这里吧？总觉得好可怜……

"把罗培逮住，再救出奶奶，或许就能帮她做点什么吧？"

桃花妹妹……

"是啊，千代。因为蒂卡前辈会使用'魔法消去法'呀！"

对耶！的确是这样没错。

"秋琵特老师、桃花妹妹，那我们快点走吧！"

"在这之前，千代先解除'吊带工作裤魔法'吧！"

吊带工作裤魔法？啊，应该是漂亮魔法吧！

"笨蛋！因为会变成自己喜欢的服装，所以就千代来说，当然是'吊带工作裤魔法'呀！不管这些了，快把我恢复原状吧！我才不要穿着这身衣服去见泪之国女王呢！如果没穿黑色皮革斗篷的话，我会完全没自信呀！"

☆

唉，呼……好险峻的山路……

从刚才开始，已经花了三小时登山。而且，完全没有休息！好像已经爬到相当高的地方了，但这四周不要说树木，连根杂草都没有。放眼望去全是白雪，从雪地中探出头来的，则全是岩石。凄凉冷清，空气稀薄，脚底发冷又疼痛。对魔法宅女而言，登山简直就是酷刑……

"♪蓝色的山顶，绿色的溪谷。"

秋琵特还真是精神饱满耶……居然能唱到最后一段歌词，真是让人佩服。

"♪年轻的咱的路途，钟声也响亮。♪"

可是，真的好吵哦……

"嘿呀！顺利唱到第四段了！"

太好了，总算要结束了。

"那么，再回到第一段。♪恰恰恰、恰恰恰……♪"

不要再唱了啦！桃花妹妹，拜托你也说句公道话呀！

"♪蓝色的山顶雪割樱……哦？哦哦？♪"

咦？秋琵特老师，你怎么了吗？

"♪雪割樱。♪"

什么嘛！一直重复相同的歌词。这个黑魔女是唱太多，脑子坏掉了吗？

"不是啦！你看，在那雪地里，有棵樱花树。"

真的！万里无云的晴空之下，那棵枝桠茂盛的樱花树清楚可见。由于是寒冬，整棵树都光秃秃的。

"那就是雪割樱哦！到山顶了，登山结束喽！"

原来如此，太棒了！我们兴奋得大声欢呼，朝着樱花树方向全力冲刺。这段登山路虽然崎岖难行，但是知道终点就在不远处后，痛苦也就减半了。

"哇呜，视野很棒耶！"

最早抵达樱花树下的秋琵特，开心的大喊。我也连忙跑上前去。

"哇啊！好美哦……"

从脚边延伸到地平线，放眼望去全都是被白雪覆盖的原野。凹陷的山谷之间虽然散落着许多岩石，但远方的平原上却是清一色的白茫茫。杳无人烟，也没有任何动植物。

"原来这里就是泪之国了啊……"

真的是、好遥远哦！仔细回想，这一路上还发生了许多事……

"前辈，这一大片白雪原野就是'冰原谷'吧？"

桃花妹妹专注地看着伶俐小姐所送的《魔界漫游》。

"哦哦！换句话说……"

用手摸着下巴，遥望远方的秋琵特，突然停下动作。

"那就是'蝙蝠城'喽！"

秋琵特的手指头往前延伸的方向，有个小小的塔昂然耸立着。

"秋琵特老师，像黄金一样闪耀光芒耶！"

在一望无际的雪地里，仿佛金针般闪闪发光，好美哦！

不过，那四周不用说街道，就连户人家都没有。城堡，应该是位于热闹城

镇的中心才对呀！

"根据《魔界漫游》所示，那应该是泪之国女王的别墅……"

泪之国的冬季莎巴特，每年皆在此别墅里举行

那么，泪之国女王此刻应该在那里喽！只要去那里，就能看到奶奶跟古岛真红同学！

太好了，快走吧！我拉着桃花妹妹的手，正想走下斜坡时，突然被抓住肩膀。

"喂！你们两个，不要那么莽撞。"

为什么呢，秋琵特？

"莎巴特是晚上才开始的。现在天色还早，我们先在这里休息一下。"

什么嘛！常言道，好事不宜迟，而且我很想快点见到奶奶呀！

"是啊，前辈。正所谓'行百里者半九十'呀！"

"啥？拿百栗的酒鬼怎么了？"

"前辈……这句话的意思是说，即使目标近在眼前也不能松懈，必须告诉自己路途还没超过一半继续往前行。

也就是说，从现在开始必须更加努力向前啦！"

话一说完，秋琵特气呼呼地张大了鼻孔。

"这点小事，我懂啦！所以我才说，稍微休息一下恢复体力后，才能迎接最后的挑战呀！现在罗培跟黑十字军都不见踪影，正是最佳休息机会！"

秋琵特说完后，面向我伸出手来。

"喂，把'蒲藏'跟'红冰棒'拿出来吧！"

什么东西啊？

"就是放在罗里波普和可可亚送你的'超恶什锦组合'里的东西呀！不会被你丢了吧？"

那个啊，在我口袋里啦！箱子因为过于笨重不好拿被我丢掉了。

"可是，这不是蒲藏，是蒲鉾<sup>①</sup>吧？"

因为上面圆圆的，还带着红色，我记得在爸爸买回来的土产鱼板上写的是'蒲鉾'二字呀！

"低级黑魔女真是让人伤脑筋。别管这么多，你就安静地看吧！"

---

① 蒲鉾：日语读音"kamaboko"，中文"púmáo"，译为"鱼板"、"鱼糕"，是日本一种以白身鱼浆为原料而制成的食品，通常置于日本冷杉或白桧等较无气味的木板上成形，并经过蒸或烤等制作程序。

秋琵特接过我手上的蒲鉾后，用力将包裹的塑胶膜整个撕掉，然后一把扔到雪地上。

"很危险，快闪开！"

咦？蒲鉾很危险？哇啊啊啊！蒲鉾正在迅速膨胀。

"还会变得更大哦，咿嘻嘻嘻！"

秋琵特说得没错，那红色蒲鉾已胀到我的腰部，紧接着便超越我的身高，直到比秋琵特还高时才停了下来。

这个庞大的蒲鉾是怎么回事呢？

"你真的没有好好听人说话！这不是蒲鉾，是蒲藏！可以让人进入休息的！"

真是莫名其妙。

"你是日本人吧？日本境内有个秋田县，冬天会下很多雪，当地人想找点乐子，就用雪来盖圆拱屋，好让孩子们进到里面玩，甚至烤年糕。那圆拱雪屋就叫作'蒲藏'，你不知道吗？"

蒲藏和蒲鉾？这疯狂黑魔女不会又在说中年人的冷笑话吧！不过意思我懂，反正就是个像帐篷一样的东西啦！

"这可是罗里波普和可可亚小姐特地准备的，能让我们顺利穿越雪山的道具哦！在最后的紧要关头前可以保持暖和，这是她们的体贴心意呀！"

嗯，真的呢！桃花妹妹。那我就恭敬不如从命，进去喽……

"不行！千代还有另一件工作。"

什、什么工作？

"让红冰棒在雪地里结冰。"

秋琵特指着我手里的红冰棒。

"拿这个站在雪地里？为什么？"

"废话，当然是要制作冰棒呀！"

冰棒？用这个？

"你是日本人吧？"

又是这句……

"超市里不是都有卖吗？把像果汁一样的东西装在管子里，放进冷冻库结冰，然后再用剪刀剪掉前端，咻咻咻吸起来吃呀！"

这我知道……但是，我有两个问题。

一、生于魔界的黑魔女，为何对日本如此了解呢？

二、在如此酷寒的时节，吃冰棒不是会觉得更冷吗？

"吵死了！不要再强词夺理，照着我说的去做！我跟桃花要先进蒲藏里保暖了！"

这也是黑魔女修炼的一部分吗？根本是假借修炼之名，行欺负之实嘛！不过，多做无谓的抵抗只是讨骂，把红冰棒插在雪地里不过举手之劳，乖乖趁早做完，进去里面取暖吧……

突然间，眼前变暗了。

为什么呢？天空明明就是晴朗无云。

我猛然抬起头来，吓了一大跳。云朵上覆盖了厚厚的一层阴影。是两个大大的圆……好、好像有什么东西站在我背后。

是、是谁？

我缓缓地转过头……

# 11 黑魔女前往蝙蝠城

"妈呀！出、出现了！"

眼前站着一个白色巨男。身高约两米，头圆圆的，身体更是圆滚滚……

"怎么啦，千代？"

秋琵特迅速飞奔出来。

"有、有雪男……"

我瘫软无力，一屁股跌坐在雪地上。

"让我来！"

从我面前飞奔而过的桃花妹妹，迅速从口袋里掏出一颗炸弹。

"请、请等一下下！"

"雪男"拼命挥着双手。

"偶不是雪男啦，偶是史诺门啦！"

"屎诺门？是狗屎的屎吗？"

秋琵特压住桃花妹妹的手，认真打量对方。

"不是、不是啦，是史诺门。雪不是念成Snow，史诺吗？"

雪等于史诺？啊！那史诺门就是指Snowman喽？

仔细一瞧，的确不是雪男！我曾在灵异书籍当中看过插图，雪男应该长得毛茸茸，像白毛猩猩一样。

可是，眼前是一团雪块，显然是一个超级巨大的雪人呀！

再定睛仔细一看，眼睛是木炭，鼻子是橘子，还戴着围巾和帽子。

接着，雪人先生开始兴奋地挥舞着双手。

"嗯，偶是魔界的雪人，也就是雪人魔，就是这样，请多组教（指教）！"

"你是感冒了吗？丘比特，你念一下丘比特三个字？"

秋琵特……我大概猜得出来你要成什么样哦……

"秋琵特，秋琵特。"

"咿嘻嘻嘻嘻！'不知从哪来的丑八怪，误打误撞召唤了黑魔女'的游戏！好好笑，超好笑！"

秋琵特老师！请停止这无聊的游戏好吗？

"没错，前辈。切勿掉以轻心，说不定他是罗培的人马哦！"

真不愧是桃花妹妹，总是这么冷静可靠。

"罗培是谁？"

雪人魔先生的木炭眼睛瞬间一亮。

咦？你不知道吗？

"这里连只鸟也挥（飞）不进来呀！魔界变得怎样，偶也不太亲此（清楚）。我唯一租道（知道）的，就只有这蝙湖城（蝙蝠城）而已。"

"你说什么？你对蝙蝠城了如指掌？"

秋琵特突然一变为认真的神情。

"了落指掌（了如指掌），我是不敢单（当）啦！但，如果是外人想要进城的方法……"

"你说什么？有特别的方法可以进城吗？"

看着不断眨着粉红色眼睛的桃花妹妹，雪人魔先生吸了吸橘子鼻。

"这是理所当然的咸饼干！"

啥？你在说什么？

"蝙湖城可是纳比达之国女王陛下的别墅哦！平日只有王宫的人才得以进入。更何况是一年一度的大型莎巴特。外人根本是无法靠近的！"

是这样吗？可是，那里好像没有守卫，感觉很容易进去呀！

"不行啦！如果一定要进去的话，倒是有个逃生门哦！"

"那就快告诉我们吧！"

面对强势逼迫的秋琵特，雪人魔突然傻笑了起来。

"那这个红色的东西要给偶。"

红色的东西？啊，是这个红冰棒呀？

"这是罗里波普和可可亚的冰棒糖吧！好想吃。"

哇！罗里波普和可可亚姐妹的名气居然传到这里。

"那么雪人魔先生，你是因为这个才接近我们的吗？"

雪人魔先生用力点了点头。

"该怎么做呢，前辈？"

"那就给他吧！仔细想想，就像这家伙所说的，我们不可能堂而皇之地走进城堡里，大喊'大家好，我把当成祭品的奶奶跟古岛真红同学给领走喽'！不过雪人魔，只能吃一根哦！不然会吃坏肚子的。"

秋琵特简直就像个妈妈一样。而雪人魔先生也像个小孩子，用手指头把插在雪地里的红冰棒用力拉起。

"如果再给偶一根的话，就可以带你们挥（飞）进

去哦！"

雪人魔先生会飞？

"这是理所当然的咸饼干！"

又来了，到底在讲什么呀！

"距离夜晚才开始的莎巴特虽然还有一点俗间（时间），但想要从逃生门进去，可是相当会力（费力）的。从这里走过去的话应该会来不及哦……"

雪人魔先生故弄玄虚地说着。不过，看来的确是有段距离，如果他能够带我们去当然最好。

"姐姐，轻易相信他好吗？"

桃花妹妹用那狐疑的眼神看着雪人魔先生。

"要不要用'魔法镜'来确认他内心真正的想法呢？"

嗯……可是，我不喜欢怀疑别人！因为我就是坚信梅柳吉努校长所说的话，才能够一路走到这里的。所以，我相信他。

"那就快点带我们去吧！"

秋琵特从雪地里拔出红冰棒，一根给我，剩下的两根递给雪人魔先生。

"才刚放进去，所以还没结冰哦！"

"没刚系（关系），因为偶是雪人魔。"

雪人魔将红冰棒贴近脸颊磨蹭后，突然刺进了肚子里。虽说他是雪人应该不会感到疼痛，还可加速结冰，但这个举动还是把我给吓坏了……

"好，现在就粗花（出发）吧！"

雪人魔先生伸出手来，这是表示要大家手牵手吗？

"对了，你不租道（知道）比达胖吗？那个手牵着手飞向天际的人啊！"

不是比达胖，是彼得·潘吧？一旦鼻塞可是会引起各种误解的，就像我一样啦！

雪人魔紧紧握着我的手耶！软绵绵的，但好冰凉！我也牵着桃花妹妹的手，而当桃花妹妹牵起秋琵特的手时，"出花（出发）喽！"

哇呀！身体飘起来了。蔚蓝的天空与银白的雪地世界，仿佛形成了双色三明治，真是不可思议。

……可是，风实在是太冷了，身穿哥特萝莉服的我冷得直打哆嗦。好羡慕雪人魔先生哦！脖子上围着感觉好暖和的围巾。奇怪？那随风飘扬的围巾内侧还别了个十字架呢！那只是个普通的十字架。身为魔界的魔物，他的个性还真古怪……

"不可以放开手哦！再一会就到蝙湖城喽！"

☆

"好大哦！而且，好高呢！"

秋琵特呆呆地张大了嘴，鼻孔也张开着，让那张美少女脸顿时逊色不少。

话说回来，这城塔远看像根针，近看却是巨大无比。光是绕行圆形土台一周，恐怕就得花上十分钟吧！而且高耸入云，根本看不到顶端。

"金黄色的砖头！生平第一次看到……"

可是，到处都看不到入口呀！除了上方远处有个拱形窗之外，其余全都是金黄色的石堆。

"真是不懂世事的黑魔女呀！"

雪人魔双手叉着腰，似乎有点发火。

"这里可是魔法城堡啊！组有（只有）女王莅临时，才会出现入口啦！过来这边看一下。"

雪人魔沿着城塔的边缘走。

"姐姐，这里有好多脚印耶！"

"这应该是马车跟马匹通行的痕迹。"

桃花妹妹跟秋琵特说的没错。虽说这些痕迹被后来的飘雪覆盖，显得模糊不清，但雪白的大地上，到处都是这样的痕迹。

"偶从山上有看到哦！为了纳比达之国的大型莎巴特，昨天有好多人进去哦！"

原来如此……不过仔细一想，幸好遇到了雪人魔先生。不然我们在毫不知情之下来到这里，肯定会不知所措，说不定还会被罗培审判官发现呢！

"喂，那个逃生门在哪里啊？"

"在这边哦！"

雪人魔动了动橘子鼻，沿着城塔的周围绕圈走。

沙沙、沙沙，踩在雪地上的声音还真好听！东京最近很少下雪，有种令人怀念的感觉。

现在不是说这些的时候。雪片渗入我的绑带鞋里，好冷啊！

绕了半圈左右时，雪人魔先生突然蹲了下来。

他将白色的雪手伸入白雪中，发出了窸窸窣窣的声音。

"你看，这就是逃生门。"

雪人魔先生站起身来，在他脚边有个可容单人进出的木头盖子。

"里面有阶梯，爬上去后会看到一间'黄金巴特之房'……有传言说只要能突破'黄金巴特之房'，就能进入里面。"

就这样？至少应该说出所谓的传言是什么？可信度高吗？

"这个嘛，属实与否只有蝙蝠才知道喽！"

不要这样好吗？让人心里发毛呢！

"姐姐，英文里的'bat'（巴特）就是'蝙蝠'。所以黄金巴特 ① 可以解释为黄金蝙蝠哦！金黄色的蝙蝠和闪耀着金色光芒的蝙蝠城，我想应该是虚构哦！"

哦，原来如此啊！

"不过，我很在意'只要能突破的话'这句话！感觉好像是个非常危险的地方。"

说得也是。而且雪人魔刚才还说'会相当费力'呢！

结果，秋琵特强行将手伸进我的口袋，拿出了红冰棒。

"喂，雪人魔，你一定知道些什么吧？如果我们能平安归来的话，就再送你一根红冰棒哦！"

雪人魔先生抖动了一下身体。

"既然如此，带着这个吧！"

雪人魔先生从雪白身体里抽出一个红色的东西，放

---

① 黄金巴特：为日本昭和初期的街头纸偶戏主角，灵感来自江户时代白骨面加上黑斗篷的传奇怪盗，后改编成漫画、电影、卡通等。

到我手上。

"这是'风车魔'。如果有怪物之类的东西出现，可立刻举起这个。让它转啊转圈圈，便会从中出现许多幽灵，帮你击退妖怪。"

哇呜！这个好用……但是，如果我们没说要多给一根，你就不拿出来了吗？

"就是说啊！这个雪人魔果然不能相信。"

"哎呀呀，两位别气了。反正这家伙要的就是'红冰棒'嘛！那他拿出来的'风车魔'就绝对有用，不会骗人，对吧？"

在秋琵特的威吓下，雪人魔激动得大力点头，木炭眼睛都差点掉出来。

"好了，继续待在这种地方也只是受风寒而已，要走了！"

秋琵特掀开了被雪浸湿变黑的木头盖子，里头是一片漆黑。

"千代，不要胆小如鼠啦！只要跟着我，就绝对没问题。我一定会帮你救出奶奶跟古岛真红同学。"

嗯！谢谢你，秋琵特老师！

☆

喀喀喀喀……啪哒啪哒……

秋琵特走在最前头，接着是桃花妹妹，然后是我，我们就这样登上了幽暗的螺旋阶梯。

爬了十多分钟之后，四周依旧毫无动静。潮湿又阴冷，感觉身体都要发霉了……到底要走多久啊……

啪擦啪擦啪擦。

"哇，出现了！黄金巴特！"

惊声尖叫的秋琵特，拼命挥舞着双手。千万不要在这种地方跌下来呀！不然会害走在后面的我们也一起滚下去呀！

"前辈，那只是蝙蝠而已！"

桃花妹妹相当冷静。

"另外，黄金巴特并不只是蝙蝠哦！还是个金色的骷髅，穿着外黑里红的斗篷，登场时会'哇哈哈哈哈哈'的尖笑几声。"

桃花真是知识丰富，果然值得信赖。

"手里还拿着银色的棒子，那叫银棒……"

桃花妹妹，你知道太多不必要的知识了吧！

"咿嘻嘻嘻嘻嘻！"

"秋琵特老师，不要虚应故事的假笑啦！"

"又不是我！"

咦？可是，会发出这种低级笑声的，除了秋琵特以外没有别人呀……

"咿嘻嘻嘻嘻嘻！"

错了。这笑声是从很远的地方传来的……

"圣诞·莎巴特快乐！纳比达之国的圣诞节！祝福吧，诅咒吧！咿嘻嘻嘻嘻！"

从厚重的墙壁另一头传来说话声，随后还传来嘈杂的人声。

"为路西法陛下，献出地狱之火吧！"

"为阿司塔罗多陛下，献上鲜血的杯子吧！"

这、这该不会是……

"没错，这就是莎巴特哦！已经开始了呀！"

糟、糟了。奶奶跟古岛同学要被当成祭品了！

"桃花，千代，动作快！"

秋琵特绷紧着一张脸，正要踏上楼梯。

"不准任意通行。"

从楼梯深处传来了沙哑低沉的声音。是谁呢？

"前辈！是骷髅！"

哇呀，真的耶！那骷髅正端坐着。头戴圆帽，身穿锁链铠甲，手握一把宽剑。

"这次真的是黄金骷髅啦！"

我想应该不是。因为他既不是金色，也没穿黑色斗篷，更没有发出笑声。

"我是逃生门的守卫。"

在微暗中，骷髅的嘴巴一开一合地动着。

"若想通过这里，必须说出女王陛下赐下的暗号。"

暗号？这件事没听雪人魔先生说过呀……

"魔界最美丽的黑魔女是谁？"

这种问题谁知道啊……

"快点说！魔界最美丽的黑魔女是谁？"

嘶哑的声音在螺旋阶梯回荡着……这该怎么办呢？

"交给我吧！也太简单了，这个暗号真是让人笑掉大牙。"

秋琵特莞尔一笑后，转身面向那骷髅。

"魔界最美丽的黑魔女就是秋琵特！"

猜对了吗？

"错！"

嘶哑的喊叫声在幽暗中激起一阵回音，骷髅空洞的眼窝里也射出一道绿光。就在此刻，他将那把宽剑当成楞杖，慢慢站起身来。

锵！

"小心！前辈，他抽出剑了呀！"

就在桃花妹妹尖叫的同时，剑已落在秋琵特身上。

"嘿咻！"

秋琵特轻盈地一跃，飞越我们后再一个后空翻。

但是，剑明明在空中胡乱挥舞，背后却发出一个沉重的撞击声。

"好痛……撞到头了……"

不、不要紧吧，秋琵特？枉费你刚才帅气十足的后空翻……

"不知道暗号的话，你们就是被黄金骷髅传说迷惑的大盗黑魔女！"

声音沙哑的骷髅先生，又再度挥动起剑。

"他要把我们切成两半呀！"

危险！秋琵特在我背后大喊，但在最前头的可是我呀！

"姐姐，快拿出风车魔！"

没错！雪人魔先生给了我们一个风车魔。

"你这粗暴的家伙，让你尝尝风车魔的厉害！"

我朝向骷髅先生，迅速拿出风车魔。

哎呀？为什么没出现呢……该不会是卡住了吧？嘿！嘿！快出来，幽灵！

毫无动静……

"所以我就说很可疑吧，被雪人魔骗了啦！"

雪人魔先生欺骗了我们？怎么可能……

"圣诞·莎巴特呀，大口喝吧！用力跳吧！尽情唱吧！"

从远方传来了混浊的声音。必须赶快才行！不然奶奶跟古岛同学就……

事到如今，只能豁出去了啦！

"死雪人魔！竟敢欺骗魔法宅女！"

我用尽全身力气，迅速踩上阶梯。

转转转！

咦？居然转动了……风车魔的红色羽毛正在转动！

原来如此。前面要有风，风车才会转呀！如果静止不动，它根本就不会转动。

"姐姐，羽毛里好像跑出一些白色的东西耶！"

真的！恍若白色烟雾的东西不断涌出，但不知为何，却全都变成了软乎乎的白色圆形块状物。看起来像是放在红豆汤或黑糖蜜里的汤圆，特大号的那种。

尽管如此，还是令人难以置信。许多特大号的汤圆轻飘飘浮动着，紧紧黏在骷髅先生的脸上。

"这是什么呀……哎呀！眼睛看不到了！喂，滚开呀！"

骷髅先生把剑放下，想用那白骨手指拨开汤圆，但汤圆又黏到了手指之间。而且，汤圆又生出了更多软乎乎的汤圆，紧贴在他的胸口、肚子和脚上。

"滚、滚开！这个黏乎乎又软绵绵的臭死灵……呜呜……"

"哇啊啊，快看，千代！骷髅那家伙被汤圆给吞掉了。"

骷髅先生被汤圆同志们紧紧黏在一起，还被压在了大汤圆底下。

"太棒了！姐姐，真的是太棒了！"

"千代，你居然敢冲向挥舞着利剑的骷髅，真是勇气可嘉，我对你刮目相看哦！"

不，真正厉害的是，雪人魔送我的风车魔呀！

然而，我刚才却怀疑雪人魔……

"无论何时何地，都一定会有人伸出援手，请放心信

任并依赖他们。只是，你一定要'相信对方'。"

梅柳吉努校长，对不起。因为没有坚信校长的叮咛，差一点就……

"别在意，千代。我们都将老师的教诲铭记在心了。为了回报雪人魔的心意，快点动身吧！"

嗯，总之，当务之急就是赶紧救出奶奶！

我们迅速登上了楼梯。走不到五分钟，眼前就出现一个金色大门。


黄金巴特之房


"就是这里。只要突破这里，就能进入莎巴特的会场！"

这样啊……可是，不会有问题吧！

说不定一打开门，金色的骷髅先生就会"啊哈哈哈哈"笑着扑向我们。

"姐姐，不用担心啦，因为我们有风车魔呀！"

说得也是。我不会再怀疑雪人魔了，因为他给了我一样很厉害的道具！管他是黄金骷髅还是黄鲸骷髅，我们都是天下无敌！于是，我将风车魔高高举起，推开金色门扉。

叽嘎——

喂！黄金骷髅，给我出来……

奇怪？怎么都没东西跑出来……里面空荡荡的，只看到厚得惊人的尘埃而已。

"哦！对面好像有什么东西……"

秋琵特指着左边方向。定睛一看，那边有个很大的台子，上面放着根像是长棒的东西。更令人感到不可思议的是，四周明明没有光源，那东西却闪耀着金黄色的光芒。

"这是……"

快步冲到闪光棒前面的桃花妹妹，突然停下脚步。

"怎么了？桃花。"

秋琵特大步走了过去。

"这是……"

搞什么啊！两个人居然说出同样的台词。到底是……

放在台子上的是一根圆棒。一头很粗，另一头也不算细的圆棒。

"是球棒，打棒球用的木棒。金光闪闪的黄金球棒。"

"姐姐，这里好像有字！"

桃花指着球棒的旁边。台子上有两行蒙尘的文字。

紧要关头，请用此球棒打破墙壁

黄金球棒握在相信者的手上，打在不信者的头上

真的很像是逃生门耶！但是，相信者是什么意思呢？

"所谓的相信者，当然是指拥有信任之心的人！这意思应该是，只有这种人才能拿起黄金球棒吧！"

也就是说，没有信任心的人若是想拿的话……

"黄金球棒就会敲他的头。"

秋琵特静静说完后，便将手伸到黄金球棒上。

"秋琵特老师，危险啊！"

"千代，你认为我是个没有信任之心的黑魔女吗？"

不要想歪了！我只是担心万一！因为魔界有很多扭曲的事情，字面上是这样写没错，但意思说不定完全相反……

"既然这样，更应该由我来试试看啊！"

为什么？

"无论结果如何，都能够因此明白这段文章的正确意思呀！"

哪有这回事！

"不行呀！秋琵特老师。我们好不容易才来到这里，现在却为了要做确定而赌上性命，太乱来了！"

"正因为好不容易来到这里，所以才要试啊！"

秋琵特说完后，便用手指着墙壁。

"听得到吧？"

嗯，听得到。虽然有点模糊，但的确听得到咿嘻嘻嘻嘻的高声尖笑、五音不全的歌声和鼓掌声。

"墙壁的另一头正在举行大型莎巴特哦！千代的奶奶和古岛真红都在那里。所以，我们之中必须有人来打破这面墙壁。而我们三人里面最应该做这件事的，当然是我这个初段黑魔女。"

秋琵特一说完立刻将手凑近黄金球棒，只是手好像在发抖……

"我才没发抖！此时此刻表现出气魄和胆识，才称得上是真正的指导员黑魔女啦！桃花！"

"有！"

"万一我发生不幸，就由你来照顾千代，你就是千代的指导

员。你一定要严加训练，因为这丫头经受的起。"

"……前辈。"桃花边发抖边用力点头。

"好，我要动手了。千代，仔细看哦！"

秋琵特对着我浅浅一笑，随即拿起黄金球棒。

然后，黄金球棒微微抖动了。

下一瞬间，秋琵特整个人便浮到半空中。

"哇、哇呀！"

"前辈！"

"秋琵特老师！"

# 12 黑魔女的圣诞节

喀锵！轰隆声响起的瞬间，扬起了漫天的尘土。

"秋琵特老师！"

"前辈！"

什么都看不见呀！

秋琵特老师，您到底在哪里啊！是否安然无恙呢？

"咳咳、咳咳。这在搞什么啊！"

"秋琵特老师，原来您没事！真是太好了。"

虽然脏得不像话的黑色皮革斗篷上灰尘更多了，但凭着这熟悉的触感，可以肯定她是秋琵特不会错……

"都怪那根球棒！害我整个人去撞墙……"

去撞墙？啊！这是怎么回事！墙壁上真的破了个大洞。还有摇曳的光线从洞口流泻而出……

"姐姐、前辈，这究竟是……"

从洞口望去，对面有个宽敞无比的房间……面积约

是学校体育馆的二倍大。天花板也跟体育馆一般高。内部装潢得非常豪华。天花板上装饰着棋盘似的小间隔，上头画着各式各样的魔女图像。

巨大的墙上也镶嵌着许多彩色玻璃，上面的画一样非常诡异另类——高高耸立的冷杉上，绑着活生生的祭品，下面是熊熊燃烧的烈火，一群黑魔女正围绕着那棵冷杉在跳舞。一旁画的则是魔女们正在窥看装有诡异的魔法秘药壶的情景。再旁边一点的画面上，还有个张开双手正在对人类施咒的黑魔女……

再往宽阔的大厅方向看去，那里排放着许多圆桌。每张圆桌上面都摆放着一个大钵。里头装满了壁虎、蝾螈、蜥蜴、青蛙，还有蛇。当然，它们都是活的，而且正在蠕动。

将它们团团围住的，是身穿黑色皮革外套或黑色连身裙的黑魔女们！其中包括年轻人、身材壮硕的中年人，还有驼背的老婆婆……大家都抓着恶心的东西，全身僵立不动。

红色、黑色、绿色、蓝色……一双双色彩缤纷的眼睛全都盯着我们瞧……

"是可疑分子！"

"把他们抓起来！"

像人偶般静止不动的黑魔女们，不约而同地站起身来。这时——

"安静。"

远处传来低沉的声音。声音来自大厅的左方。只见摆放在巨大冷杉前方的高椅上，端坐着一位穿着华丽黑色皮革大衣的黑魔女。

"你们是谁？"

压得好低的黑色巫婆帽下方，一双黄色眼睛炯炯发亮。

"姐姐，我想，那个人八成是泪之国的女王。"

从说话方式看来，应该没错。好，那就拼了。我们穿越破洞进入宽阔大厅，抬头挺胸排成一列。

"我是四级黑魔女黑鸟千代子。"

"我是一级黑魔女桃花·布洛撒姆！"

"我是千代的指导员初段黑魔女秋琵特！"

"你们有何贵干呢？现在正是莎巴特的最高潮，胆敢妨碍的话，绝不轻饶。"

一身黑色皮革装束的女王，说起话来真是威严十足。不过，现在不是发抖害怕的时候啊！

"我是黑鸟千香子，不对、我是黑魔女蒂卡的孙女。我奶奶和我朋友古岛真红同学好像被当成祭品带到这里来了。所以，想恳请您释放他们。"

"哦，你们是祭品的同伴啊！"

女王抬起头瞥了一眼耸立于身后的冷杉。我也忍不住跟着往冷杉方向望……只见那树梢上绑着两个人。一个是皮肤白皙、脸蛋圆润的男生；另一个是穿着嫩绿色和服、满头白发的老婆婆。

一股香气从那里飘散开来。这让人心情舒畅、令人怀念的香味是……藤田香。

仔细一看，那男生的发型是小少爷香菇头……

"奶奶！古岛同学！"

大概是正在熟睡的缘故吧！两人都没有反应，头部和手脚往下垂着。

这景象和彩色玻璃上的画一模一样！也就是说，他们即将在冷杉下方点火。奶奶和古岛同学将会被处以火刑。

"绝对不可以呀！"

我正想往冷杉方向冲去，黑魔女们却张开双脚站到我面前。

"没那么容易就把他们给释放！"

黑魔女人墙的另一端，女王斩钉截铁又冷漠地说道。

"为了得到祭品，你们知道我给了座敷风暴女多少奖赏吗？"

"这跟我有什么关系！他们是我最心爱的奶奶和朋友。他们并没有做错任何事！请立刻释放他们。"

这时，女王藏在黑皮革大衣下方的眼睛，闪过一道黄色的光芒。

"我是宽宏大量的女王，愿意听你们诉说原委。不过在这之前，你们必须拿出证据来证明你们真是祭品的同伴。"

证据？

"光是报上姓名还不足为信，必须拿出证据才行。"

话是这么说没错，但是……我们身上又没有身份证之类的东西。

"那就没什么好谈的。"

"等一下！"

秋琵特一把扯下了自己的帽子。

"应该看过我这张脸吧！万圣节前夕，我和千代曾遭到魔界警察的追捕，火之国街道上到处张贴着印有我们大头照的通缉令。虽说这里是泪之国，但毕竟有这么多的黑魔女，照理说应该有人看过才对。"

"我看过。但这无法成为证据。因为只要施展黑魔法，就能变换成各种模样。以那边的四级实习黑魔女来说，只要戴上'变脸面具'就可以变身啦！"

"不然，你要我们怎么做！"

秋琵特恨恨地拨弄着闪耀银光的头发。

真是令人懊恼啊！奶奶和古岛同学明明就近在眼前，我们却因为无法证明自己的身份而束手无策！

怎么办才好呢……

这时，我的脑中突然有灵光闪现。

女王刚才说了"变脸面具"二字。那应该是驮天使所贩售的、无聊的魔界道具。可是，那位驮天使不是也曾托魔游旅馆的老板娘送了我一样东西吗？

对了，是"魔法镜"。

那东西会将映在镜中之人的"真实面貌"全盘托出。无论那人嘴上如何舌灿莲花、天花乱坠，在"魔法镜"之下绝对无法遁形。我并不喜欢使用那东西，因为感觉好像不信任别人，但如果是用在自己身上的话……

我从口袋里掏出那面红铜色的小镜子。

"哦,那不是'魔法镜'嘛!好啊,那就使用看看吧!"

当然喽!我连忙将镜面朝向桃花妹妹。

我是桃花·布洛撒姆,一级黑魔女

镜子里果然传来酷似桃花妹妹的声音。

长得一脸可爱模样,只可惜粗心大意。一旦抓狂就会乱扔炸弹。

"……真、真丢脸。"

桃花妹妹羞红了脸。

"咿嘻嘻嘻嘻!愉快、真是愉快!"

女王突然变得好没气质。而且,那种笑法跟秋琵特好像……

"接着,照那边那位高个子黑魔女看看!"

谁要听你使唤啊!我把魔法镜朝向秋琵特那张白皙的脸蛋。

我是魔界第一淘气美丽又温柔诚实的秋琵特啦!

连声音都变得跟秋琵特一样臭屁。

"唉呀，这黑魔女可真没气质！"

"厚脸皮成这样，真是个超级自我中心的黑魔女。"大厅里的黑魔女们哈哈大笑着。

"吵死人了！没办法，它说的都是事实啊！"

秋琵特恼羞成怒，拼命甩着手臂。镜子却不以为意，继续往下说。

我讨厌小狗和鬼怪。不过，我可是个注重心灵相通，强调"亲自指导"并保证"教到会为止"的天才指导员哦！

说得一点都没错！大家不要笑成那样嘛！因为它是只说老实话的魔法镜呀！

"……那么，那边那位呢？"

是指我吗？这个嘛，不知道它会怎样说我，好紧张……

我是丑八怪四级黑魔女·黑鸟千代子

胡说八道！我从不认为自己是丑八怪啦！

"咿嘻嘻嘻嘻！好，我全都明白了。"

女王摇晃着身体笑了起来，语气也明显变得温柔和善。

"秋琵特、桃花·布洛撒姆，还有人类的实习生黑魔女·黑鸟千代子，我承认你们是不折不扣的火之国黑魔女。"

"真是可喜可贺！如此一来可为魔女审判节省不少时间。"

背后传来男人的说话声。转身一看，有个男人站在墙壁破洞的那端。身穿黑色立领服装，头戴圆帽。圆帽底下有着白皙结实的肌肤和炯炯发亮的大眼睛。

"罗、罗培！"

听到秋琵特这么说，塞满大厅的黑魔女们不禁骚动了起来。

"各位，难道你们没看到他们吗？"

罗培先生往侧边移动。壮观的邦玺军队立刻映入大家的眼底。穿着铠甲的胸前都镶着倒十字架。他们是黑十字军呀……可是，他们是如何来到这里的呢？

"因为我们一路跟踪你们这三个失格黑魔女呀！你们让我明了，像我这种不信任他人的人是绝对无法通过'黄金巴特之房'的。"

啊？这么说来，罗培先生是打从一开始就知道有这座城堡了吗？

"没错。蝙蝠城的入口只容得到许可的人通过，但为了以防万一还设了个紧急入口，这些事情都是你们告诉我的哦！或许因为你们每天都从山上往这里看，所以才了如指掌吧！"

每天都从山上往这里看？

这时，从黑十字军的黑色铠甲之间隐约可见白色的东西。那头颅和身体非常浑圆，而且尺寸超大。

"……是雪人魔先生。"

"不要觉得我很坏。因为，我实在无法背叛罗培先生。在我还是平凡的雪人之时，罗培先生用围巾帮我盖住眼睛和鼻子……"

满脸歉意的雪人魔先生把围巾翻面。围巾反面上有着倒十字刺绣图案。

啊啊！我实在有够笨……

其实刚才在天空飞时，我看到过围巾反面上的十字

架。但是，我以为那只是一般的十字架。现在想起来，当时我是倒着看的啊！那是倒十字才对……

"不用在意！千代。因为那时在天上飞，注意力不集中！"

"我们也太粗心了。雪人魔对于魔界的事情非常陌生，但却知道罗里波普和可可亚小姐的'红冰棒'！我们那时就应该察觉的。"

桃花妹妹指着插在雪人魔先生肚子上的两根红冰棒。

"可是，我认为问题出在其他地方。"

罗培先生冷笑着穿过破洞，走进宽广的大厅。身材壮硕高大的邦玺军队们亦步亦趋，贴身护卫着。

"既然带着'魔法镜'，就应该照一下雪人魔呀！偏偏你们是散播'爱'的异议分子黑魔女蒂卡的同伙，还有血脉相通的亲人。只知道相信他人，不知道要怀疑他人。所以才会一下子就被骗了。"

不以为然地出言嘲讽之后，罗培先生毫不客气地走到女王跟前。

"泪之国的女王陛下，小的是火之国的异议分子审判官——罗培·鲁普提。听闻手下一时差错，将黑魔女蒂卡送到贵国，因此特地前来将她带回。蒂卡是犯下异议分子罪行的黑魔女，连同这三人，小的都必须一并带回火之国，让她们接受魔女审判的制裁。"

罗培先生故作有礼地鞠躬致意，然后面向黑十字军，挥了挥手。

"你们快去把绑在冷杉上的黑魔女蒂卡放下来。"

回答"遵命"的同时，邦玺军队们开始快步向前跑。

"不准轻举妄动！"

听到女王的严厉制止，罗培先生整张脸皱成一团。

"陛下，若是关于您赐予黑魔女菲理妮翁的奖赏，火之国的普鲁顿国王稍后应该会全数偿还……"

"我说的不是这件事。你真的是异议分子审判官吗？请证明给我看。"

巫婆帽底下，那双黄色眼睛闪闪发亮。

"女王陛下，您这是在怀疑在下的身份吗？"

"我先前已要求那三人必须证明身份，对你当然也要一视同仁。"

奇怪？女王陛下那双黄色眼睛并没有在注视罗培先生，而是盯着我看。

为什么呢？

罗培先生好像丝毫没有察觉。深感自尊心受损的他

扭曲着一张脸，瞪视着女王陛下。

"在我胸前闪耀生辉的倒十字架，就是最好的证明。这是火之国国王赐予最优秀的黑魔法师的物品。"

罗培先生将倒十字架握在手里。十字架反射而出的光芒，炫目又耀眼……

"我在十年之间栽培出十三位黑魔女，一般是十年才能培育一位哦！而且她们后来都成为一流的黑魔女指导员，在人界非常活跃。因此，普鲁顿国王才将倒十字架赐予我，并任命我为异议分子审判官，负责监视所有黑魔女的行为。"

这时，女王陛下又往我这里瞄了一眼。

"这样啊！她们的修炼想必一定非常严格。有几个人没跟上呢？"

"没有一个人没跟上。"

没有一个人？真是谎话连篇！

"有 BEAR"先生、向日葵小姐和松榭蜜雪小姐分明都被你给抛弃了！

我正想一吐为快，无奈开了口却发不出半点声音。仔细一看，就连秋琵特和桃花妹妹也是满脸通红，嘴巴一张一合的。

这是怎么回事？

"陛下，小的虽然不清楚贵国的规矩，但火之国的规定是，一旦将某人纳为弟子就必须悉心照顾，直到那人成为独当一面的黑魔女为止。"

罗培先生转头看了我们一眼，然后咧嘴冷笑。

难道是他让我们说不出话来的……仔细回想，刚才那个倒十字架坠饰闪过一道刺眼光芒。他肯定是在那时候施展黑魔法，好让我们无法说出向日葵小姐他们的遭遇。

好个卑鄙无耻的小人！

"我知道。就是'指导员契约'对吧？如果没有遵守下场会如何呢？"

女王陛下再度凝视着我。咦？不对、不是我。她注视的是我手上握着的"魔法镜"……

……原、原来如此。虽然我无法说话，但这面"魔法镜"能够说话。它可以反映出镜中之人的真面目，拆穿罗培的谎言呀！

"即使弟子秉性不良，也不能片面毁约，否则就是严重违反黑魔法契约，必须处以'剥夺魔力之刑'。"

好，就趁现在。把"魔法镜"对准罗培先生！

我是异议分子审判官罗培·鲁普堤。

酷似罗培先生的声音响彻整个大厅。

罗培先生瞪大眼睛，大吃一惊。女王见状，耸肩笑了。

"'魔法镜'似乎替你验明正身喽！"

没错，你是货真价实的罗培先生。不过，"魔法镜"所能证明的，绝对不仅止于此哦！

我从人界物色了十六位孩童，让其中十三位成为黑魔女。

"物色了十六位吗？那剩下的三人结果怎样了呢？"

我没能将那三人栽培起来。因为其中一人秉性不良，一人太过叛逆，另一人则私自投河自尽。这种事若是让人知道，将有损我的名号。因此，我自己片面毁约，在无人知晓的情况下，把他们丢弃在荒野。

罗培先生的表情越来越难看了。一旁冷眼旁观的女王则是满脸愉悦。

"罗培，这种行为严重违反黑魔法，不是吗？"

活该！

我所做的一切，都是为了成为异议分子审判官。我将不听话的黑魔女视为异议分子，一一排除，让所有的火之国黑魔女听命于我，以便取代普鲁顿国王的地位。接下来，我还要称霸死之国和泪之国。

"不要再说了，闭嘴、闭嘴！"

罗培先生大吼大叫着，迅速冲到了我面前。

"你这个丑八怪异议分子黑魔女！居然用仿造的魔界道具来诋毁异议分子审判官，光是这点就足以判处死刑！"

罗培先生一把抢走我手上的"魔法镜"，将其重重摔向地面。

搞什么！

"实在太丢脸了！罗培。刚才那些话，在场的所有黑魔女全都听见了，而且也包括蒂卡。"

女王抬头看了一眼冷杉。

"嗯，全都听见了。"

咦？啊！奶奶端坐在冷杉顶端微笑着。

究竟是怎么回事呀！

"对不起，千代。这一切都是在演戏。"

什么？

"透过莎蒂丽可的千里眼望远镜，我早就知道罗培利用你们，顺利来到此地的事情了。"

莎蒂丽可？

"就是我呀！"

一名裹着黑色斗篷的女人从冷杉后面走了出来。披散着一头白发，黑色斗篷底下穿的是破旧不堪的运动服，手上握着一根酷似笛子的竹制品……

难道、是松野幸子小姐？仔细回想，奶奶的毕业纪念册里面，确实有个名叫莎蒂丽可的黑魔女……

"没错。我可是一直都在暗中保护千代哦！既然知道好友蒂卡的孙女是黑魔女实习生，就没理由放着不管啊！然后，我就用这个千里眼望远镜，揭穿了罗培想要陷害千代和蒂卡的诡计。"

罗培先生涨红了脸，气得咬牙切齿。

"当秋琵特一行人在黑鸟神社施展'魔法消去法'时，我暂时把千代托付给秋琵特，自己前往蒂卡家。然后，我以'罗培是个轻易就毁约的男人，你应该去泪之国，才能得到更多奖赏'为理由，说服了运用'魔法消去法'回到人界的座敷风暴女。她马上就照我的话去做了。"

幸子小姐，不，莎蒂丽可小姐把千里眼望远镜当成接力棒，放在指尖转动了起来。

"不过话说回来，秋琵特和桃花如果当初没有离开千代身边的话，罗培的诡计就无法得逞了。"

遭到莎蒂丽可小姐狠瞪的秋琵特连忙挥手想解释。

对、对哦！我们被罗培先生施放黑魔法，无法开口说话呀！

"噜叽乌给·噜叽乌给·阿布拉雷！"

女王陛下唱诵完咒语之后，"哇呀！好痛苦啊！感谢女王陛下为我们解除黑魔法。"秋琵特呼呼喘着气。

"喂，莎蒂丽可小姐，我有话要说，当初是你大叫'魔女逮捕行动'，我才误以为蒂卡前辈遇到麻烦了。所以，我才会赶忙把千代藏到安全的地方，迅速赶去搭救啊！"

结果，女王陛下居然咿嘻嘻嘻嘻地笑了起来。

“我说秋琵特，怎么可以对前辈这样说话呢？亏我念在跟我有血缘的你无法开口反驳实在可怜，才帮你解除身上的黑魔法。”

“有血缘关系？”

看到秋琵特把眼睛瞪得老大，奶奶噗哧窃笑着说：“秋琵特，她是秋芭特，你的姨婆哦！也就是你祖母的姐姐，同时也是我们的好朋友。”

天哪！泪之国的女王是秋芭特？

“秋琵特、桃花以及千代，幸会幸会啊！”

女王陛下一骨碌站起身，缓缓拉下黑色皮革斗篷。满头银发，梳了两个发髻在头部后方，黄色眼珠，脸上布满皱纹，肌肤却白皙透亮又细致。

“前辈和她长得好像！”桃花妹妹也喘着气，激动得不得了。

“秋芭特姨婆，原来你还活着啊……”

还活着？秋琵特老师，你为什么会这样问呢？

“因为我听妈妈说，姨婆一从王立魔女学校毕业就被逐出魔界了。而且妈妈都没告诉我究竟是为什么……”

看到秋琵特一脸惊愕，女王陛下忍不住笑了。

"这件事以后再说。现在我必须先跟大家道个歉，对吧，蒂卡。"

"反正都已经是过去的事了。不过，真让人讶异呀！行踪不明长达四十五年的人，居然摇身变成女王，厉害如'千里眼'，也没能看出来吧？"

"不要瞧不起我的'千里眼'！它可是当年我期末考成绩全年级第一名，戴斯卡老师特地送我的珍贵奖品。虽然美中不足的是它无法洞悉一切事物，但至少这次发挥作用啦！"

等等，这个意思是，在场所有人都毕业于王立魔女学校，而且都和奶奶同班……

"对啊！不只是这两人。就连梅柳吉努，还有小我们一届的斯汀迈雅也一样，大家都拼了命在保护我和千代呀！"

斯汀迈雅？魔界吃茶店"邦普缇丹普缇"的负责人？

"斯汀迈雅的真正身份是黑魔女教养协会的人界分部长。所以，她才能打探出罗培化身成警察监视我们这件事。尽管如此，罗培还是有办法对我们穷追不舍，真是个可怕的男人。"

奶奶低头看着呆然伫立的罗培先生，然后发出一声叹息。

"不过，一切都结束了。你这家伙犯下了违反'指导员契约'的重罪。而且是抛弃了三名弟子。这事若是让对你信任有加的普鲁顿国王知道了，恐怕也无法饶恕吧！"

"可、可恶。"

看到罗培先生挥舞着拳头，女王陛下得意地笑了。

"罗培，一切都要怪你太过骄傲自大。我会以泪之国女王的名义，将方才所听到的一切告知死之国国王。"

太好了！如此一来，就可证明奶奶的清白了。

"呵呵呵。哇哈哈哈哈！"

怎么回事？垂头丧气的罗培先生突然放声大笑了起来呀！

"原来这一切都跟火之国的王立魔女学校有关呀！"

罗培先生在黑十字军的队伍前面站定，然后环顾着我们。

"那么，我要以异议分子审判官的身份，在此对你们进行审判。"

"你说什么？"

面对态度突变的罗培先生，秋琵特惊讶地瞪着黄色

大眼。

"公布紧急魔女审判的判决结果！"

罗培先生刻意瞪大眼睛。

"在场的黑魔女都没资格当黑魔女。你们以'爱'为名，彼此互相包庇，并且将'爱'散播出去，是异议分子当中的极端分子。因此，判决所有人立刻在此接受火刑！"

用宏亮的声音说完后，罗培先生轻轻挥了一下右手。

"'雷兽'，出现吧！快把这座城堡烧个精光！"

说时迟那时快，窗外瞬间变成一片黑暗。噼啪！轰隆隆隆！整座蝙蝠城都在摇晃。黑魔女们的惊叫声此起彼伏。

"窗外有火焰在燃烧！"

站在我身旁的桃花妹妹大叫着。

"千代！"

奶奶从冷杉顶端降落地面，将我紧紧拥入怀里。

"可恶，他打算把我们全部烧死，让所有的证据化为灰烬！"

秋琵特的脸变得跟白纸一样惨白……

"姨婆您不是女王吗？快想点办法呀！"

"嗯……"

秋芭特女王只是紧咬着嘴唇。

"哈哈哈哈！虽说贵为女王，也一样无计可施吧！这下知道异议分子审判官的厉害了吧！"

站在窗边的罗培先生露出大获全胜的骄傲表情，环视着整个大厅。

"祝大家冬至莎巴特快乐！就让蝙蝠城成为莎巴特的营火种子吧！燃烧自己来成就莎巴特的盛大圆满！"

熊熊燃烧的火焰将罗培先生的巨大黑影映照在大厅墙壁上。

"我要让外面的人们欣赏这把壮观的营火！烧光所有异议分子黑魔女的火焰，肯定美丽灿烂无比！"

罗培先生飞快地横越大厅，回到墙壁的破洞旁。

"再见了，散播'爱'的种子，令人厌恶的黑魔女们！"

罗培先生心满意足地狂笑着，随即消失在破洞的另一端。

邦玺军队立刻紧追其后，我们则是在大家的严密监视之下，根本动弹不得。

"小千呀……"

啊！雪人魔先生……

"对不起！偶万万没想到事情会变成这样。因为罗培先生只是问偶有无方法可进入蝙蝠城，所以……"

"不许跟千代说话！你这个活见鬼的雪人！叛徒！"

秋琵特老师，不要口不择言！

"雪人魔先生是被罗培先生给利用了！话说回来，雪人魔先生不快点离开的话，身体会融化哦！"

窗外被燃烧的烈焰染成一片火红，这间大厅也越来越热，逼得大家开始擦汗。

"小千呀……你这个黑魔女好善良……"

当然善良！因为我是在奶奶和魔女学校成员的守护之下，才能一路晋升成为四级黑魔女呀！

"千代，你……"

秋琵特忍不住红了眼眶，奶奶拍了拍她的肩膀。

"你是个了不起的黑魔女指导员哦！教出了一位好弟子呢！"

没错，秋琵特老师是魔界首屈一指的指导员。

"啊！对了，雪人魔先生，这个送你。"

我从口袋里取出只剩一根的"红冰棒"，递给雪人魔先生。

"我原本就打算如果能平安归来就把它送给你，因为我带着它也没有意义呀！"

结果，雪人魔先生立刻将身上的围巾往地上一扔。

"小千呀！偶一定要把敌人打败！偶发誓！"

嗯，谢谢。至少要先救出梅柳吉努校长和森川小姐们！

"那么，偶要走了。小千呀，珍重再见！"

尽管走起路来摇摇晃晃，雪人魔先生还是赶忙去追邦玺军队了。感觉上，他好像在哭泣……

"哎呀，好热哦……"

"难道我们就这样活活被烧死吗……"

到处都有黑魔女感到痛苦难受，大家的脸都是红通通的，豆大的汗珠不断从额头和两颊滑落。

"再这样下去，大家都会被火烤焦呀！怎么办才好啊！"

秋琵特对着秋芭特大叫。可是，秋芭特依旧紧咬着嘴唇。

无可奈何，一筹莫展呀！没有任何希望……咦？没有希望？"希望"、"希望"、"希望"……

"生于夜晚，死于黎明，闪耀着七彩的幻影是什么？"

日芳向日葵小姐的谜语突然浮现心头。

而答案则是"希望"……

"你只能在走投无路的时候用它哦！也就是当你觉得我们的'七彩梦想'即将幻灭之时。"

我连忙将手插进口袋里，拼命搜寻，然后将指尖碰触到的硬物取出。

是个有着黯淡银色的圆形粉盒，正中央镶着一个红色的石头。

"千代，那不是向日葵给的东西吗？"

没错。向日葵小姐是这么对我说的。

"在紧要关头，它应该可以发挥效用。"

现在就是紧要关头啊！同时也是七彩梦想眼看就要幻灭的时候啊！

"使用方法很简单，只要面对这东西，诚心呐喊'救命啊'即可。"

光凭这样，根本不知道接下来会发生什么事！不过，我相信向日葵小姐。相信一定会有奇迹发生。

我要呐喊了！面对着这银色的粉盒发出呐喊。

"救命啊！"

噼啪！轰隆隆！蛇吻着窗户的红色火焰另一端，一道黄色的闪电迅速划过。

黑魔女们不禁惊声尖叫。

"笨蛋！居然是打雷。这样只会助长火势啦！"

不可能，向日葵小姐绝对不会欺骗我们。我相信她。

"救命啊！"

噼啪！轰隆隆！啪哒啪哒啪哒啪哒！

"糟糕，这是蝙蝠城逐渐倒塌的声音呀！"

"向日葵这丫头，居然是站在罗培那一边的。"

不是啦！向日葵小姐是站在我们这边的。我相信她。

啪哒啪哒啪哒啪哒！啪唧啪唧啪唧啪唧！

"千代，抱歉！奶奶压根不知道罗培这么坏！"奶奶哭得满脸泪痕，她凑近我身旁说，"不过，我希望至少千代和古岛能够获救……"

奶奶，你在胡说些什么啊！我们全部都能获救的！因为向日葵小姐是我们的伙伴呀！我绝对相信她。

"啊啊！热死人了。"

"好、好难受……"

啪唧啪唧啪唧啪唧！

大家不要放弃希望呀！

"救命啊！"

噼啪！轰隆隆！啪哒啪哒啪哒啪哒！

"救命啊！"

# 后记

千代：

圣诞·莎巴特快乐！

你平安回到家了吗？

有秋琵特的"瞬间移动魔法"，我其实是很放心的。

不过话说回来，我真是吓坏了。

没想到千代所呼唤的"雷雨"，居然真的会来帮忙灭火。

秋芭特跟莎蒂丽可，以及在场的所有黑魔女都非常感谢千代！

感谢你的帮助。还有，感谢你让大家想起人生最重要的事情。

　　无论遇到任何困难，都不要放弃希望。无论发生任何事情，都必须怀抱着信任的心。

　　这同时也是王立魔女学校的教诲哦！正因为如此，大家才能同心协力把罗培逼得走投无路，可惜大家没能坚持到最后一刻就是了。

　　今天是圣诞节，同时也是千代的生日呢！

　　由于发生了好多事，以致无法事先为你准备礼物，既然如此，那我就把那件事告诉你好了。关于王立魔女学校的成员为何一路守护你的事情。

　　诚如千代所知道，奶奶是在十七岁，也就是就读魔女学校一年级上实习课程时来到人界的。后来因为爱上了伊藏先生，就被逐出魔界了。

　　但是，我的同学还是很想跟我见面，而且我也很想念同学。于是，我便制造了一条前往魔界的秘密通道，那就是黑鸟神社。

　　这当然也是违反魔界规定的行为。万一被发现的话，肯定会接受魔女审判。尽管如此，我还是经常往来于其间，和梅柳吉努她们谈天说地。因为，我们是好朋友呀！

　　后来，我和伊藏先生结婚，生下一个小孩，那就是千代的妈妈。

既然妈妈是黑魔女的小孩，奶奶也以为妈妈会有魔力，谁知道她居然连一丁点魔力都没有。所以，我就没想到我的外孙女千代会有魔力。

不过，梅柳吉努不愧是魔女学校的校长。当她来探望襁褓中的千代时，一眼就看出千代遗传了我的魔力。只是，她没有告诉我。

因为她觉得，奶奶一旦知道千代拥有黑魔女的素质，就不可能放任不管，而会忍不住督促千代进行修炼，以期将来能够成为一名优秀的黑魔女。

可是，虽然奶奶曾是黑魔女，但以魔界的角度来看，奶奶根本就是"人类"。而人类居然敢督促黑魔女进行修炼？这可是判处死刑也不足为奇的重罪呀！

因此，梅柳吉努派遣秋琵特前来担任指导员。

仔细听好。千代并不是一时差错，才召唤出秋琵特的哦！

那天所发生的朋友突然来访、秋琵特受托、你刚好花粉症引发的鼻塞，全都是梅柳吉努一手策划的。

　　请不要往坏处想！梅柳吉努绝对没有半点恶意，完全出于一片好心。

　　当黑魔女要附身在女子身上时，会先看一下她的素质。例如她是否在怨恨某人或是不想活了等等，要先看一下这些念头是否够强烈。

　　千代虽然没有上述那些念头，却拥有遗传自奶奶的魔力。所以总有一天，你会被黑魔女给盯上。到时候，假如被暗御留燃阿或罗培之类一心一意只想让自己出人头地的坏家伙给附身的话，麻烦可就大了。

　　所以，梅柳吉努才会挑选自己的学生秋琵特。秋琵特这个人虽然有些另类，但却很热情。心地善良的黑魔女是绝对不会背叛朋友的。

　　没错，梅柳吉努将好友的孙女托付给自己最信赖的黑魔女秋琵特，桃花和莎蒂丽可则担任从旁守护的角色。

　　对了，梅柳吉努现在应该刚睡醒吧！

　　因为秋芭特命令恶魔情火速前往火之国。这时候，驮天使应该戴着英俊白马王子的"变脸面具"，正在亲吻梅柳吉努这个睡美人吧！

　　如同格林童话所描述的，英俊白马王子的亲吻可以唤醒沉睡中的万物。不过，那"变脸面具"会是什么模样呢？"我知道梅柳吉努喜欢的类型哦！咿嘻嘻嘻嘻。"秋芭特笑着这么说，害奶奶好想看一下呢！

　　事实上，驮天使是斯汀迈雅的儿子！虽然个性有点古怪，却是个温和的好孩子。千代的"魔法镜"，就是她给的礼物啊！

　　千代，这下子知道为什么大家会一路守护着你了吧？

　　我想，或许应该说奶奶也一样受到大家的关照吧！我们总是同心协力、互相扶持、彼此关怀。如此一来，当然可以打败像罗培那种大坏蛋。

　　好不容易来到魔界，奶奶打算再多待几天，趁机休息一下。因为如果不是这样的机缘，奶奶恐怕无法如此毫无顾忌地留在魔界呀！我打算和魔女学校的同学叙叙旧，顺便开个同学会。

　　不过，我会在过年前回去的。到时候，欢迎回乡下来玩哦！下次再见时，千代应该晋升为三级黑魔女了吧！期待千代成为最优秀的黑魔女！

对了，这件事是千代和奶奶之间的秘密，千万不能告诉爸妈！

再见啦！千代。记得代我问候秋琵特和桃花哦！

千香子

奶奶您好：

魔界生活如何呢？

跟秋芭特婆婆、莎蒂丽可婆婆和梅柳吉努校长聊得很开心吧？

话说回来，千代好想看梅柳吉努校长刚睡醒的模样呢！那位白马王子既然是秋芭特婆婆找来的，想必一定非常帅。

可是，"变身面具"改变得了外表，却改变不了真人是驮天使的事实呀！如果是我的话，就算外表变得再帅，我还是不愿意被驮天使亲吻的。

"有BEAR"先生、日芳向日葵小姐，还有松榭蜜雪小姐都还好吗？

由于秋芭特婆婆说："包在我身上，我会把他们都送回人界的”，所以我并不担心他们。只是，松榭蜜雪小姐是亡魂，应该没办法马上投胎吧……

还有，雪人魔先生的事情，实在让人好惊讶……

奶奶您也看到了不是吗？大火熄灭之后，我们在蝙蝠城的山脚下看到了两根木炭和一个橘子。

我认为雪人魔先生应该是融化了，所以还哭了好一会儿呢！

但是，当莎蒂丽可婆婆对我说："他是因为吃了'红冰棒'，所以变成小雪人了啦！"我就放心了。因为一边的地面上真的有两颗像是用来打雪仗的雪球呀！

"雪人魔先生不是说："偶一定要把敌人打败'吗？于是他就对开心地看着蝙蝠城熊熊燃烧的罗培说："请吃冰棒'，然后递上红冰棒。结果，得意忘形的罗培欣然吃下后就变成小婴儿了。"

莎蒂丽可婆婆是这样跟我说的呢！

"黑十字军简直吓坏了，慌张地带着哇哇大哭的罗培返回火之国了。真是大快人心呀！"

就是说啊！像那种心灵沾满尘埃的人就应该让他重回婴儿时代，再让梅柳吉努校长严格管教，好让他洗心革面，对吧？

不过我觉得，没必要把雪人魔先生也变成婴儿吧！

"其实，为了取信于罗培，雪人魔也自动舔了一口红冰棒哦！"

莎蒂丽可婆婆是这么说的啦！

"还有，舔了红冰棒之后，满三天就可恢复原形！所以，通常只有在眼看就要被坏人抓走时，大家才会去舔！变身婴儿之后，有时会被当成弃婴送进魔界孤儿院，最坏的下场也就是被弃之不理，总比被坏人抓走好！"

不过，我有个疑问。雪人魔先生为什么想要红冰棒呢？他应该知道舔了红冰棒就会变成婴儿这件事吧？

我的猜测有两个。一个是雪人魔先生想保护我们，深怕我们一时不察舔一口就会变成婴儿。另一个是雪人魔先生从一开始就想让罗培先生吃下红冰棒。

　　我想，他刚得到罗培先生赠予的眼睛、鼻子和围巾时，一定高兴得不得了。但是，他后来发现了罗培先生的不良企图。原本就是个大好人的雪人魔先生实在无法原谅那种人，便想利用红冰棒来加以惩罚……

　　不错吧？下次换奶奶说出自己的想法吧！

　　对了，我还有一个疑问。那就是红冰棒有三根，一根给了雪人魔先生，一根让罗培先生吃下了肚，那剩下的一根在哪里？难不成掉落在附近了？我说奶奶，您可千万别捡来吃！当然，您应该不会做这种事！

　　我好想再见雪人魔先生一面啊！

　　我这边非常祥和平静，请您放心。"遗忘魔法"对古岛真红同学很有效，他好像完全不记得那些恐怖的遭遇了。

　　还有，恶魔情今天除了送来奶奶的卡片之外，还将黑魔女指导员协会所颁发的'晋级认定书'送到了我手上。我终于晋升为三级黑魔女了！

　　秋琵特和桃花妹妹也分别晋升成二段跟初段了！

　　那两人说要好好庆祝一下，就跑出去玩啦！现在八成在落合溪边生吞着草蜥或蜥蜴之类的吧……真恶心。托她们的福，今天的修炼暂停一次，太棒了！

还有，关于秋琵特老师之所以成为我的指导员，并不是因为我的召唤，而是梅柳吉努校长所精心策划这件事。奶奶虽然瞒了我很久，但我其实一点都不在意，所以奶奶也别放在心上。身边能有这么多好人守护，我觉得很棒啊！

总之，我不知道自己将来能否成为优秀的黑魔女，修炼结束之后恢复平凡女生的计划也没有改变。不过，我想跟秋琵特和桃花妹妹永远在一起。我知道这样撒娇长不大很丢脸，但是，我希望她们能够继续守护我！

拉拉杂杂写这么多，真是抱歉！

由于恶魔情就要来收信了，所以就写到这里哦！

拜拜，圣诞快乐！

三级黑魔女·黑鸟千代子敬上

搁笔之后，我把信纸折成三折，放进信封里。

　　另一个信封里装着银色粉盒，那是要归还向日葵小姐的东西。虽然回到人界的她应该不需要了才对，但里面说不定充满了有关"雷雨"先生的珍贵回忆……

　　话说回来，秋芭特婆婆送我的生日礼物，让我大吃一惊呢！


圣诞·莎巴特&生日快乐！

千代，虽然晚了一天，但请容我献上由衷的祝福。

随函附上我和莎蒂丽可送的生日礼物。

咿嘻嘻嘻嘻！


　　　　　　　　　纳比达之国女王　秋芭特


　　备注：泪之国的正确名称其实是纳比达之国。纳比达（navidad）就是圣诞节的意思。听说在人界也有"navidad"一词，源自于西班牙语，而且意思同样是"圣诞节"。因此，我国才将冬季莎巴特定为圣诞节！请务必记住这个由来。


　　信封里装的礼物是能够看见未来、神奇的竹制品

"千里眼"。

这东西能够看见多远的未来呢？五年后？十年后？还是更久远？

心跳得好快！因为，我就要看见我的未来啦！我的他会是个什么样的人呢？

我会结婚吗？会跟什么样的人结婚呢？好想看……好想知道……

我轻轻拿起"千里眼"，慢慢将它贴在眼睛位置。

未来的我就在这里面。我可以看到未来的我……

但是……

我停下了。然后，静静地将"千里眼"放进寄往魔界的信封里，贴上封口，站起身来。

当我走到窗边等待前来收信的恶魔情时，发现外头不知何时已覆上一层白雪。

那默不作声兀自堆积的白雪，逐渐将屋顶、树木和街道染成一片雪白。

孤单一人的白色圣诞节，宁静祥和的生日。

"祝大家圣诞快乐，祝我生日快乐。"

三级黑魔女·黑鸟千代子托大家的福，已经满十一岁了。

# 千代的黑魔女成绩单

| | 评　价 | 评　语 |
|---|---|---|
| 尊敬前辈 | 1 优良<br>2 普通<br>③ 加油 | 不要太会揭秋琵特的伤疤。 |
| 记性佳 | 1 优良<br>2 普通<br>③ 加油 | 不要将错就错，真的以为自己是"健忘少女"! |
| 偶尔依赖他人 | 1 优良<br>② 普通<br>3 加油 | 不要太过逞强，老是一个人闷着头努力哦! |
| 拥有信任的心 | ① 优良<br>2 普通<br>3 加油 | 这是你最大的魅力! |

给家长的话：

　　尽管只是四级黑魔女，却顺利完成了此次的冒险之旅，真了不起。三级是通往优秀黑魔女的入口。接下来请自我勉励，积极面对艰苦的修炼。

王立魔女学校校长　梅柳吉努 ☠

黑鸟千代子同学
恭喜你通过黑魔女
三级鉴定

※虽因未满十七岁无法进入魔女学校就读，但可以参加春季·夏季·冬季讲习课程。
黑魔女教养协会